高雄研究叢刊 第11種

高雄市小港區大林蒲閩南話研究

作者 謝孟宓
總校稿 張屏生

高雄研究叢刊序

高雄地區的歷史發展，從文字史料來說，可以追溯到16世紀中葉。如果再將不是以文字史料來重建的原住民歷史也納入視野，那麼高雄的歷史就更加淵遠流長了。即使就都市化的發展來說，高雄之發展也在臺灣近代化啟動的20世紀初年，就已經開始。也就是說，高雄的歷史進程，既有長遠的歲月，也見證了臺灣近代經濟發展的主流脈絡；既有臺灣歷史整體的結構性意義，也有地區的獨特性意義。

高雄市政府對於高雄地區的歷史記憶建構，已經陸續推出了『高雄史料集成』、『高雄文史采風』兩個系列叢書。前者是在進行歷史建構工程的基礎建設，由政府出面整理、編輯、出版基本史料，提供國民重建歷史事實，甚至進行歷史詮釋的材料。後者則是在於徵集、記錄草根的歷史經驗與記憶，培育、集結地方文史人才，進行地方歷史、民俗、人文的書寫。

如今，『高雄研究叢刊』則將系列性地出版學術界關於高雄地區的人文歷史與社會科學研究成果。既如上述，高雄是南臺灣的重鎮，她既有長遠的歷史，也是臺灣近代化的重要據點，因此提供了不少學術性的研究議題，學術界也已經累積有相當的研究成果。但是這些學術界的研究成果，卻經常只在極小的範圍內流通而不能為廣大的國民全體，尤其是高雄市民所共享。

『高雄研究叢刊』就是在挑選學術界的優秀高雄研究成果，將之出版公諸於世，讓高雄經驗不只是學院內部的研究議題，也可以是大家共享的知識養分。

歷史，將使高雄不只是一個空間單位，也成為擁有獨自之個性與意義的主體。這種主體性的建立，首先需要進行一番基礎建設，也需要投入一些人為的努力。這些努力，需要公部門的投資挹注，也需要在地民間力量的參與，當然也期待海內外的知識菁英之加持。

『高雄研究叢刊』，就是海內外知識菁英的園地。期待這個園地，在很快的將來就可以百花齊放、美麗繽紛。

國史館館長

瀕危方言的調查是語言學家重要的社會責任

2002 年 8 月，我由屏東師範學院語文教育學系調到國立高雄師範大學臺灣語言及教學研究所任教，我欣喜可以教授自己比較專擅的漢語方言研究。當時為了增加學校的資源，除了白天班之外，晚上還加開在職專班。在職專班學生多半沒有語言學研究的基礎，而且白天還有另外的工作，因此所長囑咐我們在衡量學生的成就，也要有「同情的理解」，在教材安排的難易程度上要適度的調動，以免學生產生畏難的心態。當時所裡的老師僅有四位，到了第三年學生就已經超過三十個，再加上在職專班的學生，要指導學生寫碩士論文，便成為所裡老師的重大負擔。因為撰寫碩士論文是一件不是容易的事，比自己寫論文還要辛苦。或許是我一貫教學嚴肅的態度，所以學生大都不會請我當他們的論文指導老師；另外就是我堅持要學生做臺灣本土語言的研究，不收做國語研究的學生，因為國語研究在別的相關系所也可以做，本系的本職任務就是研究臺灣語言。還有就是我個人的私心，當時我不收不想唸博士班的學生，我想栽培一些未來可以繼續研究臺灣語言研究的生力軍，如果學生唸完碩士，又去做和臺灣語言研究不相干的工作，那豈不是白白浪費了我的精力。所以在高師三年，僅收了三個學生，其中兩位是正式班的學生，做臺灣本土客家話研究；謝孟宓是在職班，也是唯一做臺灣本土閩南話研究的學生。

或許是我對臺灣特殊口音情有獨鍾，只要知道哪裡有比較特殊的閩南話或客家話，我就好像「貓看到了魚一樣」，所以當謝孟宓向我示範了大林蒲腔的閩南話後，我就很有興趣，雖然我當時已經做了紅毛港閩南話的調查，我是抱著學習的心態和謝孟宓一起去調查大林蒲閩南話，因為發音人是她的母親，可以讓我們盡情的進行磨纏式的調查，不用擔心發音人會中途落跑的問題，在經過一個月的調查，終於完成調查工作，也在規限的時間內達成碩士論文的撰寫。

「老師要挖掘好學生是一門不精確的科學，裡面牽涉到運氣，而且還包括膽量和直覺」。謝孟宓在修課期間她表現了旺強的學術活動力，對於授課內容經常提出精闢而有發人深省的不同看法，更能接受不同思潮的衝擊，自行摸索尋找自我理念的歸屬，她是一個永不止息的心靈探索者，樂於接受新的事物挑戰，面對不同領域的學問，她都會像「海綿吸水」般的盡力學習。她更是老師心目中「好學深思」的好學生，在課堂上她不但能使教學成為無法抗拒的活動，而且即使讓我精疲力盡，也仍然樂在其中。

謝孟宓是大林蒲人，大林蒲腔那種特殊的腔調在臺灣閩南話中獨樹一格，基於對瀕危語言存續的執著，她選擇大林蒲閩南話做為她研究的主要內容。論文透過實際的田野調查整理，全面描述了大林蒲當地的語音現況。另外也收集了大量的生活語彙，這些材料可以做為編纂大林蒲當地鄉土語言材料的重要參考。本書除了傳統方言學的調查之外，還有社會語言學調查的部分，從事社會調查不僅止於語言學的專業訓練而已，人際關係的掌握、環境的適應、身體的疲累，都是必須克服的；在調查過程中還得經常忍受別人不經意或刻意的侮弄和輕蔑，這些舉動常會讓人感到難堪和懊惱而失去繼續打拼的信心和勇氣，所幸她都堅持下來，調查成果的分析也符合我對她的期待。

語言瞬息萬變，調查本身就已經是貢獻了。本書能夠得到補助出版，代表謝孟宓「已經建立一個可以終身持守努力奮鬥的目標，並且始終保持一貫的態度」。現在的學生有不少是「急切想要獲得學術報償，輕蔑學術器識的養成，甚至完成階段性目標之後，就和老師老死不相往來，遑論繼續做學術研究」。相較之下，我和謝孟宓的師生情緣更值得珍惜。

張屏生

謹誌於屏東鴛馬齋

2021 年 6 月

寫在前面

自從上了高中，接觸到來自不同地區的同學後，才發覺出自自己口中的閩南話和別人不同，因而出門求學在外，多以華語交談為主，回到家裡才使用大林蒲閩南話。2002 年參加高雄醫學大學開設的閩南語師資培訓課程，每當進行寫作練習時，我總是謹守「我手寫我口」的準則，但一經批閱，文稿內容總是錯得離譜，只好改採硬背的方式，將音韻記下來，但心中不免存在「哪會按呢，問題佇佗位？」。也因此種下我走往臺灣語言領域的契機。

2004 年 9 月進入國立高雄師範大學臺灣語言及教學研究所就讀，期間不時想將大林蒲閩南話的語尾詞「噠」（ta^{31}）做一番研究，但是張屏生師認為「不止大林蒲有噠（ta^{31}），許多海口地區都有，這不該是研究重點。」研究大林蒲閩南話的念頭並未因此而澆熄。有幸於張屏生師的指導下，進行大林蒲閩南話的調查與研究，讓我蘊積已久的問題，得以撥雲見日般的被化解。

自 2006 年 5 月起展開大林蒲及紅毛港地區閩南話調查，過程中常為了尋找適當的發音人選而苦惱，除了邀請親友擔任發音人，或請親友們協助推薦、介紹適當人選外，就是騎著小綿羊（輕型機車）繞遍大街小巷尋人去，而廟口往往就是最佳的尋「寶」地點！不論是廟公、廟口乘涼閒聊的阿伯們，都是我們尋覓中的「寶物」。訪談過程中偶會遇到樂於分享的發音人，尤其問到以前的生活或工作經驗，常會聊到欲罷不能、興味正濃，不願回家休息。調查期間適逢紅毛港遷村在即，常會遇到發音人不經意地述說著紅毛港歷時三、四十年的禁建辛酸史，紅毛港遷村案已於 2007 年底完成，那個與我共成長的老鄰居被臺電廠區與貨櫃碼頭取代了，心中那淡淡的憂傷油然而生。

方言調查工作甘苦並俱，憑藉的就是一股勇往直前，與時間賽跑的精神與衝勁。由衷感謝我所有的發音人、家人與鄉親們，有大家的支持、協助與付出，才能使調查工作得以順利完成，並完成這份難得的語料，全書內容分為「論述篇」與「語料篇」(收錄於隨身碟)，希望能藉此對大林蒲閩南話作完善紀錄與保存。

在此由衷感謝張屏生師，於知識與經驗的不吝傳遞，開展我專業領域的視野，更親自帶領我進行田野調查，從實際的訪談經驗中，更加體會「做中學」的道理。由老師身上學習到對研究工作的投入與執著、處理語料的悉心與嚴謹態度，以及對語言保存的責任感與使命感，是後學者的最佳典範。此外亦感謝高雄市歷史博物館的補助與審查委員的寶貴意見，使本書得以出版。書中尚有一些未能及時處理而待解決的問題，值得再深入探究，如有不盡完善之處，敬請諸位先進不吝指正、賜教。

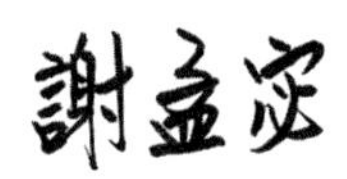

國際音標標音使用說明

一、輔音部分

大林蒲閩南話的聲母在音位上只有十五個，/m-、n-、ŋ-/ 是因為 /b-、l-、g-/ 和鼻化韻拼合後，因為同化作用而產生，在理論上可以省略這三個聲母，但為了便於問題的說明，故本文在語音的描寫，仍採用之，至於零聲母，則不作任何標記。

<table>
<tr><th colspan="3">發音部位
發音方法</th><th>雙　脣</th><th>舌尖前</th><th>舌　根</th><th>喉</th></tr>
<tr><td rowspan="3">塞　音</td><td rowspan="2">清</td><td>不送氣</td><td>p</td><td>t</td><td>k</td><td></td></tr>
<tr><td>送　氣</td><td>p^h</td><td>t^h</td><td>k^h</td><td></td></tr>
<tr><td>濁</td><td>不送氣</td><td>b</td><td></td><td>g</td><td></td></tr>
<tr><td rowspan="3">塞擦音</td><td rowspan="2">清</td><td>不送氣</td><td></td><td>ts</td><td></td><td></td></tr>
<tr><td>送　氣</td><td></td><td>ts^h</td><td></td><td></td></tr>
<tr><td>濁</td><td>不送氣</td><td></td><td>dz</td><td></td><td></td></tr>
<tr><td>鼻　音</td><td>濁</td><td></td><td>m</td><td>n</td><td>ŋ</td><td></td></tr>
<tr><td>邊　音</td><td>濁</td><td></td><td></td><td>l</td><td></td><td></td></tr>
<tr><td>擦　音</td><td>清</td><td></td><td></td><td>s</td><td></td><td>h</td></tr>
</table>

二、元音部分

	舌面前		舌面央			舌面後	
	展唇，圓唇					展唇，圓唇	
高	i	y				ɯ	u
			ɘ		ɤ		
		e				o	
			ə				
中低		ɛ			Ω		
				ɔ			
低			a				

鼻化元音會在主要元音上面加上鼻化符號〔~〕，例如「餡」ã^{11}，但是 ui、iu 為了配合韻母表安排，本文暫將 iu 的鼻化標成 ĩu、ui 的鼻化標成 ũi。

三、聲調部分

（一）在聲調的標記上，採趙元任的「五度標記法」，音高由 5 → 1 遞減。

（二）若所標記的是調值，則採用字型較小、偏右上方之阿拉伯數字表示該音節之本調；若為變調的話，則將表示調值之數字字型縮小，標於音節的右下方，例如「大林蒲」tua$_{11}$ nã$_{11}$ pɔ^{13}。

（三）輕聲調的標示法為，在該音節前標上〔・〕符號，且將輕聲調值標記於音節的右下方，例如「假的」ke^{51} •e$_{11}$。

（四）部分語料務必標註調類時，則採用全形之阿拉伯數字表示。

目　次

高雄研究叢刊序 I

瀕危方言的調查是語言學家重要的社會責任 III

寫在前面 VI

國際音標標音使用說明 VIII

導言 1

論述篇

第一章　緒論 3

第一節　高雄市大林蒲的人文自然地理概況 3

第二節　研究動機與目的 14

第三節　田野調查說明 17

第二章　文獻回顧 21

第一節　高雄地區方言之相關文獻探究 21

第二節　傳統方言調查之文獻探究 26

第三節　臺灣閩南語社會方言學相關文獻探究 29

第三章　研究方法 33

第一節　研究方法 33

第二節　研究步驟 34

第三節　本文音標使用之說明 36

第四節　其他符號說明 38

第四章　高雄市大林蒲閩南話的音韻系統 41
第一節　語音系統 41
第二節　語音特點 66
第三節　特殊變調－「仔」前變調 78
第五章　大林蒲閩南話和其他相關次方言的語音比較 87
第一節　聲母比較 87
第二節　韻母比較 92
第三節　聲調比較 101
第四節　特殊的元音變化 107
第六章　大林蒲閩南話和其他相關次方言的詞彙比較 111
第一節　詞形、詞義和音讀的分析 111
第二節　特殊詞彙 115
第七章　大林蒲閩南話三代同堂的語言使用調查 123
第一節　大林蒲閩南話三代同堂的語音變化 124
第二節　大林蒲閩南話語音變化的社會因素分析 133
第八章　結語 143
第一節　結論 143
第二節　建議與展望 149
社會調查發音人資料說明 151
大林蒲閩南話社會方言調查問卷 153
參考文獻 159

語料篇（隨身碟）

〈高雄市小港區大林蒲閩南話同音字表〉凡例 167
〈高雄市小港區大林蒲閩南話語彙集〉說明 259
〈高雄境內閩南話詞彙比較表〉說明 409
〈大林蒲閩南話諺語〉.. 601
長篇語料 628

表目錄

表 1-1　大林蒲聚落行政沿革簡表..8
表 1-2　大林蒲閩南話音韻表..11
表 1-3　大林蒲閩南話與高雄普通腔比較表..16
表 1-4　社會調查人數統計表..19
表 2-1　泉州腔十二特色..24
表 3-1　聲母總表..36
表 3-2　聲調對應表..38
表 4-1　大林蒲閩南話韻母排列表..47
表 4-2　大林蒲閩南話入聲韻母排列表..48
表 4-3　大林蒲閩南話元音與韻尾結合表..49
表 4-4　大林蒲閩南話介音與主要元音結合表..49
表 4-5　大林蒲閩南話基本調類表..58
表 4-6　古濁上聲字讀陽上、陽去或兩讀例字..59
表 4-7　古濁去聲字讀陽上、陽去或兩讀例字..61
表 4-8　大林蒲閩南話陽上、陽去字數分配表..61
表 4-9　相關閩南話調值對照表..62
表 4-10　大林蒲閩南話變調舉例表..63
表 4-11　大林蒲「仔」尾變調表..79
表 5-1　高雄其他相關次方言的聲母比較表..87
表 5-2　高雄地區閩南話聲調比較表..104
表 5-3　高雄地區閩南話「□仔」變調比較表..105

表 5-4 高雄地區閩南話「□仔□」變調比較表 106
表 7-1 不同年齡層「科」韻 u 變為 ue 之比例 125
表 7-2 不同年齡層「粿」字之音讀比例 125
表 7-3 不同年齡層「杯」韻由 ue 變讀為 e 之比例 126
表 7-4 不同年齡層「飛」韻由 uiʔ 變讀為 ueʔ 之比例 126
表 7-5 不同年齡層「青」韻由 ĩ 變讀為 ẽ 之比例 127
表 7-6 不同年齡層「雞」韻由 ue 變讀為 e 之比例 127
表 7-7 不同年齡層「高韻」、「刀韻」由 ɔ 變讀為 o 之比例 128
表 7-8 不同年齡層「陽上調」由低平調 11 變讀為中平調 33 之比例 129
表 7-9 三代同堂陽平變調由低平調 11 變讀為中平調 33 之比例 130
表 7-10 陰平與陽平變調比例 131
表 7-11 「□仔□」仔前字變調為低平調變讀為中平調之比例 132
表 7-12 您平時講話都使用何種語言？ 134
表 7-13 對於學校推動鄉土語言教學，你最希望學校開什麼語言的課？ 135
表 7-14 「一般閩南話比我們大林蒲的閩南話純正」你同意這樣的說法嗎？ 136
表 7-15 你能清楚辨別「大林蒲腔」與「一般閩南話」的差異嗎？ 137
表 7-16 人家說我們大林蒲的閩南話很奇怪，你同意這樣的說法嗎？ 138
表 7-17 「講大林蒲腔的人，應該努力改變自己的口音，最好說得和外面的閩南話一樣。你同意這樣的說法嗎？」之比例 139
表 7-18 「若對方用一般閩南話與你交談，你會用哪種閩南話回答？」之比例 139

圖 目 錄

圖 1-1 研究區域圖 4
圖 1-2 大林蒲地區行政區域分布圖 5
圖 3-1 元音舌位圖 37

導言

本研究對高雄市小港區大林蒲地區在閩南語方面，進行歷時性與共時性的探究。本研究之目的為：1. 記錄大林蒲地區老年層的方言音系，探究其與普通腔之差異處。2. 探究大林蒲地區不同世代之間的語音差異。3. 比較次方言，整理出大林蒲閩南話的特殊詞彙與語言現象。4. 由詞彙的調查與比較，整理出大林蒲地區的特殊詞彙。本研究方法採用田野調查法，以傳統方言與社會語言並行的調查方式進行研究。

本研究之結論：1. 從音韻特點中得知大林蒲閩南話具偏泉腔特色，與高雄市普通腔有明顯的差異。2. 大林蒲閩南話保留八個聲調。但古濁上聲字與古濁去聲字兩者卻出現陽上、陽去混讀的現象，此表示其正受到普通腔的影響，產生語音的變動。3. 在「□仔□」的「仔」前變調，不論其詞性為何，皆呈現陰平調、陰上調及陽調類，唸為$□_{11}$+a_{33}+□的音調型式，而陰去調及陰入調則呈現$□_{55}$+a_{55}+□的音韻型式，與普通腔不同。4. 大林蒲與紅毛港因為地緣關係，兩者的同質性極高，當地人也認為兩者差異不大，僅「腔」的輕重之別。經過本研究發現，兩者的音韻系統幾乎呈現一致，最大差異之處為 o/ɔ 有無分別，紅毛港地區為 o/ɔ 不分，而大林蒲地區則是有分。此外在姓氏聚落的地名上也有所差異，大林蒲地區是「姓氏＋个（ $\cdot e_{11}$）」（「个」為隨前變調），例如：「姓許个」$s\tilde{\imath}_{51}$ $k^{h}ɔ^{51}$ $\cdot e_{11}$；而紅毛港地區，則是「姓氏＋仔（a^{51}）」，例如：「姓蘇仔」$s\tilde{\imath}_{51}$ so_{33} a^{51}，這與普通腔「姓氏＋厝（$ts^{h}u^{11}$）」有很大的差異。5. 在社會語言調查方面，受大環境所趨使，不論在韻母、聲母及「□仔□」變調方面都明顯呈現出隨年齡層的降低，越向普通腔靠攏。

第一章　緒論

第一節　高雄市大林蒲的人文自然地理概況

一、地理概況及歷史沿革

（一）地理概況

大林蒲位居高雄市西南端，隸屬於高雄市小港區，東與高雄臨海工業區相鄰，西臨臺灣海峽，南接小港區鳳鼻頭邦坑，北連紅毛港埔頭，早期是一個以農耕為主的聚落，後來由於農地的徵收、工業區的設立以及養殖業的興盛，漸而取代了傳統的農業，改變了社會型態。

據發音人謝邱素蘭[1]女士表示，在高雄臨海工業區設立以前，從大林蒲到小港所費的車程時間不超過十分鐘，但由於工業區的設立，斷阻以往的通道，使得大林蒲居民外出時需繞道工業區，花費近兩倍的時間才能抵達。社會形態的改變、工業區的設立阻隔對外交通的便利性，及嚴重的空氣污染，加速了人口的遷移。

根據小港區戶政事務所 2021 年 5 月份人口統計[2]數據共 12,827 人，聚落內依行政區域畫分為鳳林、鳳森、鳳興及鳳源四個里。但是實際居住於聚落內的人口，則比統計數據減少許多。

1980 年行政院專案核准由中油超額盈餘提撥經費，開闢大林蒲建築廢棄物處理場，藉填築而圍成之臨時海（土）堤，進行填海造陸

1　謝邱素蘭為筆者的母親，1943 年出生，世居大林蒲鳳林里。為本文主要發音人之一，詳細介紹見頁 18。

2　資料來源：高雄市小港區戶政事務所 2021 年 5 月統計資料表。網址 https://orgws.kcg.gov.tw/001/KcgOrgUploadFiles/187/relfile/12848/216457/01cf83bc-e0bd-4f85-b298-5631576b04cd.pdf。

計畫，遂有「與海爭陸」之南星計劃區的形成，目前已經完成二百多公頃的造陸計畫，使得大林蒲沿海區域之海埔新生地面積日增。

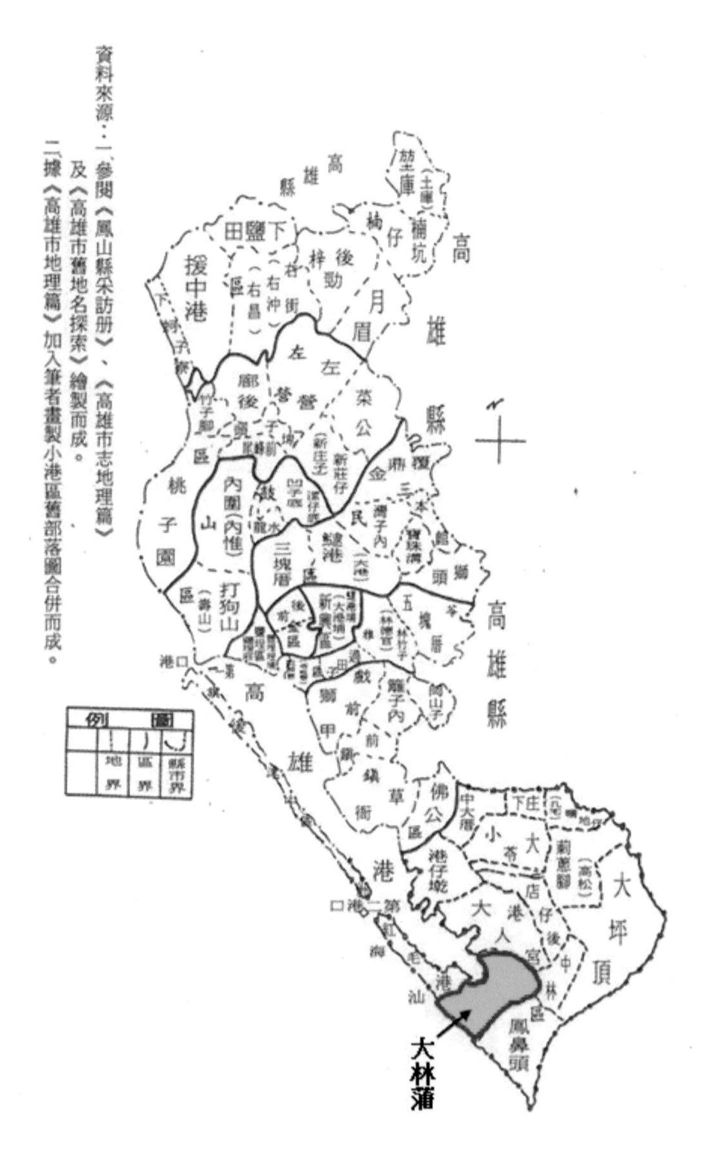

圖 1-1　研究區域圖

資料來源：曾玉昆《高雄市地名探源》，本研究改繪。

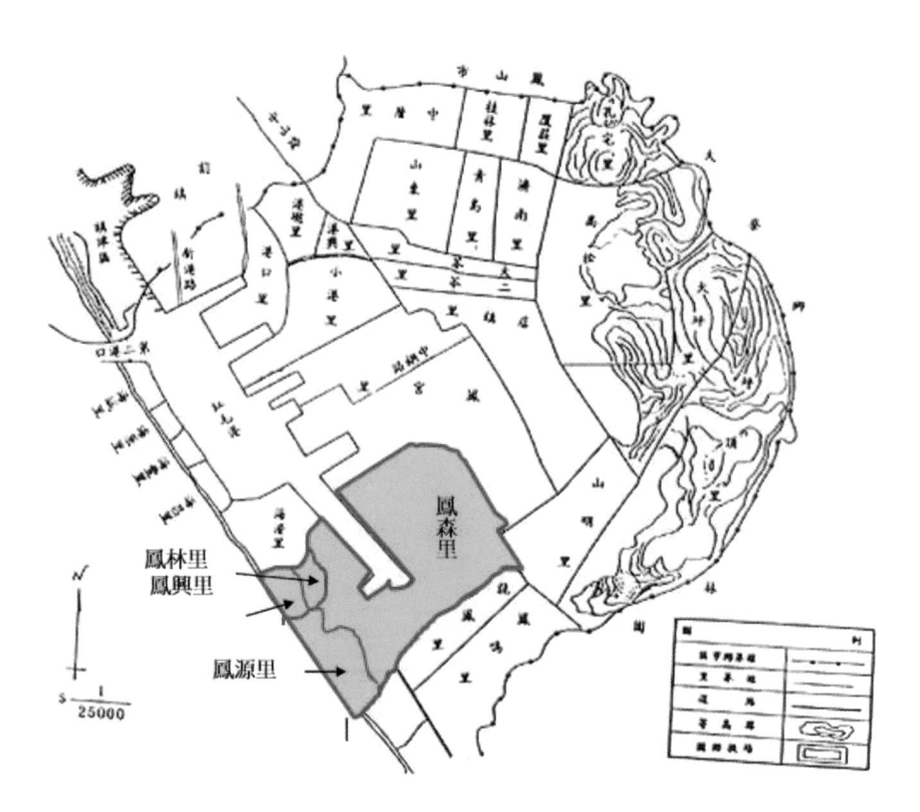

圖 1-2　大林蒲地區行政區域分布圖

資料來源：小港區公所「小港區行政區域圖」，本研究改繪。

（二）歷史沿革

「大林蒲」原名為「大樹林」、「樹林埔」、「大林埔」。洪敏麟（1980：138）指出「『林』，為當移民砍林闢地墾成良田時，邊際地的叢林，尚為斧斤未及殘存於農地之間或其邊緣部。由於林中樹木種類繁多，未以特定的樹名，而採統稱『林』為地名」。「埔」，即草木叢生的野地，所以，大林蒲的含意，就是「大片樹林叢生的野地」。

大林蒲之拓墾，始於明永曆十五年（1661），當時福建省漳州府人氏，隨延平郡王鄭成功驅荷治臺，而逕由西海岸茄萣海邊（即今鳳林國中一帶）登陸至此，屯墾莊稼定居，開發初期原是一片亞熱帶樹林，荊棘遍地，叢林遮天，種類繁多，四處都是野林、草仔埔，故命地名為「大樹林」、「大林埔」。道光十七年（1837）因鳳山知縣曹謹為開濬曹公圳，在鳳鼻頭山麓鑿建一架大型抽水機，機聲「隆隆」作響，中林子及過港仔一帶居民因為迷信，懷疑地理龍脈損害，弄得人心不安，所以相繼遷入大樹林定居，新居住地就以具有驅邪的香草－菖蒲的「蒲」字，取代原來的埔字，從此易名為「大林蒲」。（潘輝雄，1984：135-136；黃福鎮，2001：135 -136；曾玉昆，2004：87-88）

二、大林蒲聚落之行政沿革[3]

（一）明鄭時期

永曆十五年（1661），鄭成功攻下普羅民遮城，將所統治的領域劃分為一府二縣，改赤崁樓為承天府，下設天興（北路）、萬年（南路）二縣，大林蒲聚落隸屬於萬年縣的小竹橋莊。永曆十八年（1664）萬年縣改名為萬年州。

（二）清領時期

滿清入主中原，一心鞏固政權，因此對臺灣問題無心處理。平定三藩後，欲結束明鄭在臺灣的政權。康熙二十二年（1683），清廷派遣施琅率軍攻打臺灣，鄭克塽投降，至此結束鄭氏政權。施琅上疏，臺灣具有重要的海防地位及經濟價值，務必加以開墾。康熙二十三

3 主要參閱吳連賞（2006：1-9）。

年（1684），設置臺灣府（隸屬於福建省），下轄臺灣、鳳山、諸羅三縣，大林蒲在行政區域上劃歸鳳山縣的鳳山莊。

光緒十三年（1887），臺灣的行政區域重新劃分，設三府十一縣三廳一直隸州，大林蒲地區屬於臺灣省臺南府鳳山縣鳳山里。光緒十四年（1888），鳳山里又分為鳳山上里和鳳山下里，大林蒲隸屬於鳳山下里的大林蒲莊。

（三）日治時期

光緒二十一年（1895），甲午戰爭清廷戰敗，簽訂馬關條約，臺灣割讓給日本。明治三十年（1897），日本總督府調整臺灣行政區域，共設六縣三廳，大林蒲隸屬於鳳山縣打狗辨務署的鳳山里。隔年，改隸於臺南縣鳳山辨務署。

明治三十四年（1901），又改署鳳山廳打狗支廳的鳳山下里。明治四十二年（1909），又做區域上的調整，臺南廳鳳山支廳的大林蒲區，轄有紅毛港莊、大林蒲莊、中林莊及鳳鼻頭莊。

大正九年（1920），第八任總督田健治郎為加強統治臺灣，徹底改革地方行政區域，改廳為州，改支廳為郡、市，廢區、堡、里、澳、鄉改設街、庄，共設五州（臺北、新竹、臺中、臺南、高雄等州）、二廳、三市、四十七郡、一五五街，大林蒲隸屬於高雄州鳳山郡小港莊的鳳山下里。

（四）光復以後

1945 年，日本戰敗投降，臺灣光復。翌年改州為縣，改郡為區，改街、庄為鄉、鎮，大林蒲於是劃入高雄縣小港鄉。

1969年起，十大建設開始興建，由於小港鄉有機場，又臨第二港口，加上當地居民稀少，多魚塭田地，於是中鋼、中油以及大型儲油槽，台電大林火力發電廠，臨海工業區相繼在小港設立。自此大林蒲被重重大型工廠包圍，處處可見高聳的巨型煙囪排放廢氣，進出小港行政中心必須繞行中油、中鋼等工廠廠房外圍始可抵達，因交通之不便及空氣的污染，使得聚落日益蕭條。

高雄市在1979年升格為直轄市，小港鄉劃入其轄區，大林蒲於是隸屬於高雄市小港區。

表 1-1　大林蒲聚落行政沿革簡表

朝　代	年　代	公　元	隸　屬
明鄭時期	永曆十五年	1661年	承天府萬年縣的小竹橋莊
	永曆十八年	1664年	承天府萬年州的小竹橋莊
清領時期	康熙二十三年	1684年	臺灣府鳳山縣的鳳山莊
	光緒十三年	1887年	臺灣省臺南府鳳山縣鳳山里
	光緒十四年	1888年	臺灣省臺南府鳳山縣鳳山下里大林蒲莊
日治時期	明治三十年	1897年	鳳山縣打狗辦務署的鳳山里
	明治三十四年	1901年	鳳山廳打狗支廳的鳳山下里
	明治四十二年	1909年	臺南廳鳳山支廳的大林蒲區
	大正九年	1920年	高雄州鳳山郡小港莊鳳山下里
光復以後	民國三十五年	1946年	高雄縣小港鄉
	民國六十八年	1979年	高雄市小港區

三、大林蒲之商業與文教

（一）商業活動

大林蒲地理位置重要，在小港地區各地中開發最早，不但農漁業發達而且商業鼎盛，是當時鳳山里（今小港前鎮一帶）最熱鬧的商圈，據盧德嘉（1968：366）記載：「大林蒲市，在鳳山里，縣東南二十里，五日一市。」即指這裡每五天就有一次市集活動，據當地耆老邱水木[4]先生表示，過去大林蒲地區擁有鳳美、全成、仙宮、白園、黃鶴樓及鳳源大旅社等六間旅社、以及滿春樓、玉枝樓、黃鶴樓和微春樓等四間酒店（茶店仔 te_{11} $tiam_{55}$ $mã_{51}$）及多家戲院，鄰近地區的商業、娛樂活動皆聚集於此，紅毛港地區之居民更將漁獲送至此市集進行交易，往來之商旅絡繹不絕，其繁榮景象由此可見一斑，但歷經時代的變遷，目前僅剩鳳美、全成及仙宮三間旅社尚在經營，其餘的旅社、酒店及戲院早已不復見。

邱水木更表示說，大林蒲聚落繁榮之另一重要因素為，臺灣光復後，因服務於糖廠者眾，且其收入較豐，因地利之便，故常進出大林蒲消費，因而帶動大林蒲的繁榮。日據時期，當地的戶數已高達五、六百戶，甚至連當時警局的部長亦選擇居住於此。

（二）文教活動

大林蒲地區的文教也特別興盛，當時鳳山里設置社學（相當於今日學校）七所，大林蒲就佔了兩所[5]。清朝時期更以「頂沖下蒲」聞名於鳳山縣（今大高雄地區）。「沖」指高雄市楠梓區右沖部落（今右

4　邱水木先生為筆者的外祖父，出生於1920年，世居大林蒲，其祖籍為福建省莆田縣永春鄉。曾連任九屆小港區農田水利會小組長。

5　根據《鳳山縣采訪冊》記載：「社學，鳳山里社學七處，大林蒲莊二處，中州仔一處，海汕莊一處。」見盧德嘉（1968：421）。

昌）；「蒲」指大林蒲。這兩地都以燕尾屋脊（即飛脊厝）齊名，即民間廳堂的屋脊和廟宇的燕尾脊一樣，左右齊飛，這是科舉功名的標誌。在「萬般皆下品，惟有讀書高」的時代裡，「功名」的取得是讀書人畢生的宿願。據當地耆老邱水木先生指出，大林蒲在嘉慶年間共出過兩位進士（吳鳳鳴、陳媽得）及一位秀才（邱文）。所謂「進士」，其實僅是「歲貢」，這是由於民間對「科名」的不甚了解，誤以為歲貢就是進士（黃福鎮，2001；楊倉亭，2006）。

大正七年（1918），鳳林國小的前身創立，當時校名為「臺南廳大林蒲公學校」，草創初期並無教室可用，商借當時居住大林蒲 337 號吳天倫的家做為上課教室。1945 年臺灣光復，學校更名為「高雄縣大林蒲國民學校」[6]。1999 年，高雄市政府改制，小港鄉歸併，大林蒲地區於是創設鳳林國中，招收鄰近海汕、鳳林及鳳鳴三所國小之年青學子至此接受國民中學義務教育。但近年來，由於人口的不斷外移及市區明星學校的光環，使得國中及國小的招生狀況大不如前，每年段僅招得最多一至二班的學生，人口的流失更可由此看出。

四、語言現況

大林蒲地區居民的語言概況，從族籍[7]及相關文獻[8]的記載，可一窺其主要源自泉州府，屬泉州腔。本地語音保留了泉州腔八個聲調的特色（如表 1-2），陰去調與陽去調本調皆讀為 11，但是在變調方

---

6 資料取自「高雄市鳳林國小網站」。網址 http://school.kh.edu.tw/view/index.php?WebID=30&MainType=0&SubType=103&MainMenuId=1016&SubMenuId=1017&NowMainId=1016&NowSubId=1017

7 「張氏家譜」詳載其祖先源自泉州晉江縣東南外陳州下港。（感謝鳳源里張裕宏先生熱心提供，謹此銘謝。）

8 施添福（1987：15），「日據時期泉州人的空間分布主要集中在西部沿海平原和臺北盆地一帶。」文中並提出泉籍人口佔居沿海行政區的比例居高，表示泉州人的空間分布有向海岸靠近之勢。

面則陰去調讀為 51，陽去調讀為 11；陽上調的本調讀為 31，變調讀為 11。

「遮的」tsuai^{55}（這些）、「遐的」huai^{55}（那些）、「這」tse^{55}、「彼」he^{55}，這幾個常用詞的調類不在八聲調中，故筆者將其獨立為一聲調，稱為「超陰平」[9]，所以大林蒲閩南話的聲調系統有九個調值（第四章會詳加探討）。

表 1-2　大林蒲閩南話音韻表

調類	陰平	陰上	陰去	陰入	喉陰入	陽平	**陽上**	陽去	陽入	喉陽入	超陰平
代碼	1	2	3	4	4	5	6	7	8	8	9
調值	33>33	51>33	11>51	31>55	31>51	13>11	**31>11**	11>11	55>11	55>11	55

目前在大林蒲地區，陽上調的使用情形有摻混陽去調的狀況，甚至出現兩種讀法同時並存的狀況，此即造成音韻混亂之主因，亦顯示該地區獨特的陽上調有逐漸衰退的趨勢。至於中、少年層的陽上調，則有逐漸往普通腔[10]的陽去調 /33/ 發展的趨勢，筆者推測陽上調往

9　「超陰平」大林蒲閩南話中「遮的」tsuai^{55}（這些）、「遐的」huai^{55}（那些）、「這」tse^{55}、「彼」he^{55} 這幾個常用詞，在普通腔中將其歸入陰平調，但是在大林蒲閩南話中，這些詞卻超出陰平調的調值範圍，故將其獨立為「超陰平」調。

10　關於「普通腔」一詞有多種不同的說法，洪惟仁（1997：22）「『臺灣優勢腔』，就是所有臺灣閩南語方言發展的共同方向，也就是大多數人使用的詞彙或音讀。」洪惟仁（2003）改稱為「臺灣普通腔」，指一種臺灣地區混合的口音，也可以說是臺灣閩南語共同的混合趨向。董忠司（2001：5）「『臺灣通行腔』，就是通行於公共事務（如歌仔戲、電影、電台、電視台、廣告等）、公共場所的臺灣語」。他並指出「南部通行腔」是臺南市市區，北部通行腔是臺北大同區。所以董教授所指的「臺灣通行腔」是有地域之別的。本文採用洪教授的「普通腔」一詞，進行探討。

/33/ 發展主要是受普通腔影響所致，表示目前大林蒲地區的閩南話正逐漸往普通腔靠攏（第五章會詳加介紹）。

大林蒲地區在地理位置中，屬於封閉型聚落，故保存偏泉腔的語音特色。但隨著社會型態的改變（例如外出就業、就學）、工業區的設立、人口的外移，外加大眾傳播媒體的盛行，與學校教育的統一化等等，多重因素交疊之下，使得大林蒲閩南話面臨不得不的演變狀況，此一演變狀況在青少年齡層表現尤烈，且有隨年齡下降，變化愈烈的趨勢（第七章將詳加介紹）。

五、大林蒲聚落及鄰近之舊地名

大林蒲聚落之舊地名，多以姓氏、地形地勢或生活型態為命名依據，但由於工業區的設立、社會型態的改變以及生活環境的變遷，目前這些舊地名，除了姓氏宗族之聚落外，多已不復存在，取而代之的是中鋼、中油、發電廠等工業區，年輕一輩的人，可能很難將眼前所見的現況與過去的舊地名做連結。

本地的宗族聚落名有一語音特色，即「姓氏＋•e_{11}」，例如：姓許的宗族聚落則稱為「姓許 •个」$sĩ_{51}$ $k^{h}ɔ^{51}$ •e_{11}，這與一般常見的「姓氏＋厝」，例如：「謝厝」$tsia^{33}$ •$ts^{h}u_{11}$ 表現方式不同。透過耆老邱水木先生的口述，筆者將其整理、記錄並呈現之，或有不盡詳實之處，日後將再行補充。以下為大林蒲聚落之舊地名記載：

過港仔：kue_{51} $kaŋ_{55}$ $ŋã^{51}$。約現在中鋼廠區，鳳林宮溫王爺原本供奉於此，後因土地徵收，發展工業，使該部落敗落，遂將其請入鳳林宮內奉祀，居民也紛紛遷離此地。

中林仔：$tiɔŋ_{33}$ $nã_{33}$ $ã^{51}$。約現在中油廠區，為一農場，後因土地遭徵收，部落敗落，居民遂遷居至大林蒲內，目前此部落已不存在。

五口灶：$gɔ_{11}$ $k^{h}a_{33}$ $tsau^{11}$ 或 $gɔ_{11}$ $k^{h}au_{33}$ $tsau^{11}$。陳氏宗親聚居地，陳氏共五兄弟，因為擅長捕捉烏魚，每至豐收之餘，藉過年時節大舉酬神，故五兄弟之名氣頗為盛行，該區域因而以「五口灶」為代表。

崎仔頂：kia_{11} a_{33} $tiŋ^{51}$。因為該地地勢偏高，形成一陡峭斜坡，故稱之為「崎仔頂」，該區多為高氏宗親聚居，目前此一陡坡，幾經土地施工，已將之鋪平，故陡坡已不在，此地名亦隨之流逝。

塩埤仔：iam_{11} pi_{33} a^{51}。約現在台電發電廠區，該地為蔡氏宗親聚居地，早期為曬鹽場（即文獻上記載之「瀨東鹽場」[11]，與現今鹽埕區之「瀨南鹽場」並列高雄兩大鹽場區），臺灣光復後，土地皆被徵收，改建為發電廠。

塩埕頭：iam_{11} $tiã_{11}$ $t^{h}au^{13}$。約今日的鳳森里鄰近外環道附近，其地名源由為，塩埤仔原先無路可通至大林蒲，只能穿越田埂，而此地為塩場與庄頭交接之處，亦為入庄之起點，故稱之為「塩埕頭」，同治年間，此地稱為「檨仔林」$suãi_{11}$ $ã_{33}$ $nã^{13}$。

三角央仔：$sã_{33}$ kak_{51} $iŋ_{33}$ $ŋã^{51}$。位於大林蒲鳳林路與中心路交叉路口區域。

11　王瑛曾（1962：21）：「縣治諸水，西南打鼓港，縣鎖鑰也；……南流分支為前鎮港，經鳳山莊之大林蒲，瀨東鹽場在焉。……」由此段敘述可知瀨東鹽場的位置在大林蒲地區，但目前鹽場已經消失，改為工業區用地。

姓張个：sĩ$_{51}$ tĩu^{33} •e$_{33}$。隸屬於鳳源里，為張氏宗親聚居區域。

姓林个：sĩ$_{51}$ lim$_{11}$ •mẽ$_{33}$。隸屬於鳳源里，為林氏宗親聚居區域。

姓邱个：sĩ$_{51}$ k^{h}u^{33} •e$_{33}$。隸屬於鳳源里，為邱氏宗親聚居區域。區內有一姜太公廟，為邱氏宗親捐地建蓋，是邱氏宗親另一信仰中心。

姓許个：sĩ$_{51}$ k^{h}ɔ^{51} •e$_{11}$。隸屬於鳳源里，為許氏宗親聚居區域。區內有一許氏祠堂，為其宗族凝聚中心。

姓洪个：sĩ$_{51}$ aŋ$_{11}$ •ŋẽ$_{33}$。隸屬於鳳興里，為洪氏宗親聚居區域。

第二節　研究動機與目的

一、研究動機

臺灣閩南語的根源主要來自於泉州、漳州兩大原鄉，而其分布區域也因先民在原鄉時所熟悉的生活方式而有所差異[12]。移民入臺後，其聚居地大多依姓氏或來源地的不同而有所分別，也因此產生閩南話地域的差異性（周長楫，1996：214）。

就大林蒲地區在語言方面的研究，目前尚未有實際的調查記錄，頂多將小港地區歸入高雄市方言區，做為同一研究範圍概略帶過，李三榮（1997：158-159）曾留下「僅發現小港區有較多的泉州腔人口」

12　施添福（1987：180）提到「決定清代在臺漢人祖籍分布的基本因素是，移民原鄉的生活方式，亦即移民東渡來臺以前，在原鄉所熟悉的生活方式和養成的生活技能。」此一論點一反過去以「來臺先後」解釋清代臺灣漢人祖籍分布的特徵。

的簡短語句，這樣的記載稍嫌粗略，然若將小港區歸入「漳泉混合區」[13]，則大林蒲閩南話確實與小港區有著極大的差異，這樣的結論與歸納，過於籠統；進而引發筆者探究大林蒲閩南話之強烈動機。又基於文化傳承的使命，有必要為大林蒲閩南話做一詳實的記載。

大林蒲地區由於地理位置的封閉性與交通的不便性，使其面臨人口嚴重外流的社會問題，再加上大眾傳播媒體的普及，與學校鄉土教育偏重統一教材的教學方式，使得當地語言的保存工作正面臨極大的考驗，筆者深感語言的留存與記錄是刻不容緩的，「此時不做，更待何時」，洪惟仁（1991：58）「記錄現象本身就是貢獻」，秉持著這樣的信念，選擇自己最為熟悉的語言做出發，採最詳實的記錄，進行歷時性與共時性的探究，期能為鄉里盡一份心力，也為將來的子孫留置一份珍貴的文化資產。

二、研究目的

從文獻及實地調查相互比對中得知，大林蒲閩南話屬於「偏泉腔」，與高雄的「普通腔」有明顯的差異。因此希望藉由記錄大林蒲地區老年層的方言音系，以保存其語音特性，並進而探究其與普通腔之差異處。常聽長輩們說：「咱大林蒲的腔比外口（指高雄市區的普通腔）的重，啊紅毛港[14]比咱閣較重。（lan_{33} tua_{11} $nã_{11}$ $pɔ^{13}$ e_{11} $k^{h}ĩu^{33}$ pi_{33} gua_{11} $k^{h}au^{51}$ e_{11} $taŋ^{31}$，a_{55} $aŋ_{11}$ $mŋ_{11}$ $kaŋ^{51}$ pi_{33} lan_{33} ko_{33} $k^{h}a_{51}$ $taŋ^{31}$。）」

---

13 洪惟仁（2006：86）將臺灣閩南語分為「位在中央山脈東北麓及西麓的『偏漳區』和臺北盆地、西海岸狹長地帶的『偏泉區』中間及嘉南平原，花蓮壽豐以南的一大片地區屬於『漳泉混合區』」。

14 紅毛港隸屬於高雄市小港區，東與高雄港港面相臨，西以沙州與臺灣海峽相接，南連大林蒲，北隔海與旗津相望，為一漁村型態聚落。原本與旗津連成一線，1967 年，為了闢建高雄港第二港口，而將其分割。

每次聽到這樣的說法，心中總會浮現，大林蒲地區的閩南話和高雄地區有什麼差別？而差異之處何在？

再者，進一步探究大林蒲地區不同世代之間的語音差異，並整理出老中少三代在聲、韻、調方面的表現，特別是和普通腔不同的陰平調、陽上調，以及陰上、陽平變調，這些都是本文探究的主題。

表 1-3　大林蒲閩南話與高雄普通腔比較表

調類	陰平	陰上	陰去	陰入	喉陰入	陽平	**陽上**	陽去	陽入	喉陽入
大林蒲閩南話	33>33	51>33	11>51	31>55	31>51	13>11	**31>11**	11>11	55>31	55>31
高雄普通腔	55>33	51>55	11>51	3>5	3>51	13>33		33>11	5>1	5>11

又透過各次方言的比較，整理出大林蒲閩南話的特殊詞彙與語言現象，期能突顯大林蒲閩南話的特色。例如因為變調的關係，而造成語音相同語意不同的情形，如「鎖頭」（鎖）so$_{33}$ t^{h}au^{13} 與「搔頭」（摸頭）so$_{33}$ t^{h}au^{13} 同音；「瓜子」kue$_{33}$ tsi^{51} 與「果子」（水果）kue$_{33}$ tsi^{51} 同音等。在詞彙方面，例如「彗星」一般都唸「掃帚星」sau$_{51}$ ts^{h}iu$_{55}$ ts^{h}ĩ^{55}，但是大林蒲地區唸「泄屎星」tsua$_{51}$ ts^{h}ai$_{33}$ ts^{h}ĩ^{33}；又如「麥芽糖」，一般都唸「麥芽膏」be$_{11}$ ge$_{11}$ kə^{55}，大林蒲地區則唸「麥芽膏」bio$_{11}$ ko^{33}；在農業器具「連枷」（打豆子的器具），一般都唸「枷」kẽ^{51}，大林蒲地區則唸「豆梗」tau$_{11}$ kuãi^{51} 等。希望藉由詞彙的調查與比較，整理出大林蒲地區的特殊詞彙，以做為閩南語教材編製的重要參考語料。

第三節　田野調查說明

本研究之田野調查工作分為兩大部分進行，第一是為了建立音韻系統而做的傳統式方言調查，其次為針對語音的共時變異而進行的社會方言調查。以下分別敘述其相關內容。

一、傳統方言調查

進行田野調查工作，發音人的資格是決定成敗的要點，但「理想的發音人」[15] 不易尋獲，故筆者在傳統方言調查上，預設一些條件。

（一）發音人條件

1. 在大林蒲出生長大者。
2. 年齡為 60 歲以上者。
3. 發音器官正常者。
4. 若曾遷居外地或外出工作以不超過兩年為限。

（二）主要發音人介紹

由於考量到發音人在接受冗長的訪談過程中，需耗費相當的精神，故本研究不限定一位發音人，但須符合上述之條件，兼以廣集語彙的態度與方法來進行。以下為主要發音人介紹：

吳邱再桃：1930 年於大林蒲鳳林里出生，嫁到大林蒲鳳興里，世居大林蒲，未接受過教育。母語為閩南語，無第二語言能

15 游汝杰（1992：19-20）指出「理想的發音人應該具備下述條件：1. 本地方言是他的母語。2. 最好是老年人。3. 受過中等以上教育。4. 發音器官正常。5. 是一個喜歡談天說地並且熟悉地方文化的人。」

力，年青時務農。其先生曾擔任鳳林宮廟祝，故曾到廟裡協助廟務。

吳邱再圓：1933 年出生於大林蒲鳳林里，嫁到大林蒲鳳森里，世居大林蒲，未接受過教育。母語為閩南語，華語為其第二語言能力，但僅能聽與簡單的說，平時咸少使用，年青時務農。

謝邱素蘭：1943 年出生於大林蒲鳳林里，嫁到同里，世居大林蒲，曾接受國民小學教育並完成之。年青時務農，婚後則從事魚類販售。母語為閩南語，華語為其第二語言能力，能聽但在說、讀、寫部分僅具簡單的能力，平時咸少使用，祖籍為福建省莆田縣永春鄉。

二、社會方言調查

語言會隨者時間、空間、年齡等多項因素發生變化，為了探究大林蒲閩南話的實際語用情況，採用社會方言調查以了解其現況。筆者將對象設定為大林蒲地區老、中、少三代同堂家庭，進行語音及社會因素變化之探討，故預先設定一些基本條件。

（一）發音人基本條件

1. 本人在大林蒲出生長大者。
2. 父母親至少一人為本地人。
3. 若曾遷居外地以不過超過兩年為限。

（二）社會調查對象

在社會方言調查方面，以大林蒲地區三代同堂的老、中、少為主要對象，採樣人數為每里分別非隨機性[16]的選擇兩組三代同堂家庭，進行時採一對一訪談，調查人數統計表如表 1-4 所示：

表 1-4 社會調查人數統計表

里 別	鳳林里	鳳森里	鳳興里	鳳源里	合計
老（60 歲以上）	2	2	2	2	8
中（31~59 歲）	2	2	2	2	8
少（10~30 歲）	2	2	2	2	8
合 計	6	6	6	6	24

三、問卷設計

社會方言調查必須建立在傳統方言調查結果之基礎上，所以在設計問卷時，主要依據大林蒲地區的方言特色及變化中的語音成分為其內容，並參酌洪惟仁（2003）《社會方言調查問卷》，進而透過統計方法，將所得資料量化，比較、分析其結果。

（一）調查字表的內容結構

1. 聲調部分

主要目的是調查聲調的變異，包括入聲的調值，韻尾喉塞音是否有脫落，陰平調是否中調高調化，陽平變調是否低調中調化，陽上調

16 祝畹瑾（1994：54）：「非隨機抽樣」指依調查人員的主觀意識或取樣的方便，從母體總數中抽取一部分單位作為調查對象。

是否穩定，獨特的八聲調是否存在，且是否與陽去調發生混合，以及「仔」字中綴其前字變調是否受普通腔影響而中調化等問題。

2. 韻母部分

主要調查「科」韻、「雞」韻、「青」韻、「飛」韻、「杯」韻等，目前正處於變動中的韻母，看它在三代間的語音分佈與關聯性，其例字分別為：

「科」韻：欲（想~）、未（抑~）、箠（棍子）、尾（年~）、炊（~粿）、吹（古~）

「雞」韻：雞（~卵糕）

「杯」韻：買、賣

「飛」韻：血（流~）

「青」韻：病（破~）

（二）語言態度調查

主要探究老中少三代，對大林蒲閩南話與普通腔的腔調差異之敏感度，以及發音人本身對大林蒲閩南話的語言態度，進行實地訪查、並進而探究彼此間的關聯性。

第二章　文獻回顧

關於大林蒲地區偏泉腔閩南話的調查與討論，至今仍未發現，部分文獻中曾出現「高雄部分地區有偏泉腔的存在」之文字記載，但未見其深入發掘高雄市偏泉腔的分布地點及語音特色，故在文獻回顧部分，筆者將針對高雄地區方言、傳統方言學及臺灣閩南語社會語言學三方面進行文獻探究。

第一節　高雄地區方言之相關文獻探究

高雄市（縣）普遍被歸入臺灣普通腔的範圍之中，故針對此區域的研究也多以廣義的臺灣普通腔為整體代表，事實上，在高雄地區仍有方言差的存在，以下為部分提及高雄地區偏泉腔的相關文獻記載之探究。

一、李三榮《續修高雄市志 · 卷八 · 風俗語言篇》

1997 年高雄市文獻委員會發行。本文針對高雄市市民語言使用狀況做一紀錄，並分別對語音、詞彙、語法特徵進行探討。在語音部分，分為「本市泉州腔方言的語音系統」、「本市漳州腔方言的語音系統」、「連音變化」、「變調」、「文白異讀」及「語彙、語法特徵」等章節。

作者依據洪惟仁教授的漢語分區法，將高雄市視為同一語言區，即不漳不泉的閩南語區，但事實上內部仍有方言差的存在。文中概述漳、泉腔的共通性質，所列之語音、詞彙亦為臺灣普通腔之普遍狀況，非將高雄地區的方言做實況的調查與記錄，故無法顯示高雄市方言之特殊性。由此可知作者在撰述過程中，並未進行實地調查工作。

文中留下「小港區有較多的泉州腔人口」，這樣簡短的語句，作者並未對此再做進一步的解說，經過筆者實地調查的結果，高雄市小港區內確實存在偏泉腔的區域，例如小港區的大林蒲、紅毛港就是明顯的偏泉腔地區，故若將此兩區域一併歸入「不漳不泉的閩南語」，不免有欠公平，這是作者在進行本文的撰述時所疏忽的部分。

此外，李三榮（1997：159）提及「社會方言是語言的社會變體……本市工商發達，白領階層與藍領階層在語言上即存有雅俗之別。」但未見其提出相關的論述證據，或社會調查的相關數據資料，斷然的評論，不免落入職業貴賤之別的刻板印象之中，有失社會方言學的價值。

二、洪惟仁《高雄縣閩南語方言》

作者在高雄縣挑選十個方言點進行語音的調查與記錄工作，其中一個略具泉州腔色彩的方言點，就是海口的林園鄉港仔嘴，其與大林蒲同屬濱海區域，兩者間僅以小港區鳳鼻頭為中介。

文中自序提到「海口的林園鄉把『三更半暝』sã$_{33}$ kẽ$_{33}$ puã$_{51}$ mẽ^{13} 說成 sã$_{33}$ kĩ$_{33}$ puã$_{51}$ mĩ^{13} 就有一點泉州腔的特色」，明確點出高雄縣境內偏泉腔的方言點。此外更提到「目前仍具泉州腔色彩者，僅餘少許的韻母，例如『糜』字母的『糜』，唸 muĩ^{13}，『媒』唸 hṃ^{13}。」以上特色詞，除了「糜」音外，「媒」與「三更半暝」二詞，大林蒲地區亦皆將其保留下來。

根據洪教授的調查發現，原本偏泉腔的林園鄉在聲、韻、調方面的表現幾乎與臺灣普通腔一樣，故文中大多將其與高雄縣其他方言點歸併一起討論，僅於部分韻母及詞彙特色有較多的比較與描述；由於高雄縣林園這個方言點，洪教授只做重點調查，所以在文末的方言詞彙對照表中，林園的詞彙量明顯短少許多。就方言點的調查，僅採重點式調查，不免過於冒險，可能因此而漏掉重要的語音變化或因為對該方言點先入為主的觀念所誤導，而造成偏差。

本書提供筆者在進行偏泉腔的語音、詞彙探究時，得以將地理環境相近的地區做一簡單比較。文末所附豐富的詞彙、語法比較資料，是極佳的語音證據，誠如作者所言「請容許我們讓資料自己來說話吧」！

三、洪惟仁《臺灣方言之旅》

作者經過長時間的調查，針對臺灣二百多個方言點進行廣泛式的調查，並將各地的方言特色詳加敘述、繪製成《臺灣漢語方言分布圖》，使讀者對臺灣的方言分布及各地語音特色有具體的認識，宛如身歷其境般的臺灣方言之旅。

由《臺灣漢語方言分布圖》中可看出，作者將臺灣閩南語的分布畫分成三個區塊，即「偏漳區」、「偏泉區」及「漳泉混合區」。從嘉南平原，花蓮壽豐以南皆歸為「漳泉混合區」。此外文中亦提到「高雄屏東的海邊，如小港、林園……較具泉州色彩，如 o 不讀 ə」。作者更列出十二項泉州腔特色，如表 2-1 所列。經過筆者實地進行田野調查發現，高雄市小港區的大林蒲、紅毛港兩個近海口聚落，目前仍保留部分偏泉腔特色，故可確定此二近海口聚落確實為偏泉腔區域。

表 2-1　泉州腔十二特色

泉州腔特色	大林蒲閩南話	紅毛港閩南話
1. 聲調有四個調階。		
2. 聲調本變調組合計有八類。	✓	✓
3. 陽平變調和陽上、陽去變調相同，讀低平調。	✓	✓
4. 入聲為中升調（目前多變為中平長調或高平短調）。	✓	✓
5.「入」字頭，海邊多變 l-；山區仍讀 dz-。		
6. 有高央元音 ɨ。		
7. 有中央元音 ə。		
8. 有複元音 əe，部分泉腔變 ue。例字：「雞」。		
9. 有複元音 -eo，海口腔變 -io。例字：「後」。	✓	✓
10.「光」、「扛」、「頓」、「當（~店）」一律讀 -ŋ。	✓	✓
11.「鮮」、「青」都讀 ts^hĩ。	✓	✓
12. 文讀 iɔŋ/ 白讀 ĩu，如「賞（欣~）」siɔŋ、「尚（和~）」sĩu。	✓	✓

書中描述目前仍保留本變調八聲的地方僅剩鹿港、福興、麥寮、臺西，顯然將小港區的大林蒲與紅毛港遺漏了（詳見第四章大林蒲音韻系統的介紹）。

四、張屏生〈高雄市閩南話音系〉

作者針對高雄市旗津、前鎮、紅毛港及高雄縣鳳山市四個方言點，進行實地田野調查，整理出高雄市的音韻系統，文中紀錄了紅毛港的音韻現象。從文中的聲調調值對照表可發現紅毛港的調型與泉州腔代表－鹿港，除了陽入調有異，餘者皆相同；此外更提出紅毛港在陰上變調與偏泉腔的臺中沙鹿、澎湖望安、七美的青年層相同[1]，明確點出紅毛港偏泉腔的音韻特色，一解前輩學者文中留下「高雄部分地區有偏泉腔的存在」，這樣模糊的語句。

文中記載紅毛港的陽上調本調為 [33]，與筆者實地調查（陽上為 31 調）有所出入，經筆者向張老師請益，張老師指出當時因發音人本身音調的不穩定性，外加採集的詞彙量不足，導致此一誤差的產生，這部分的錯誤已經改正（請參閱張屏生，2007b）。本文指出高雄市有偏泉腔方言點，深具開創性的貢獻，一改過去將整個高雄地區與臺灣普通腔劃上等號的偏差觀念。

五、吳順興《記高雄一個偏泉腔方言－紅毛港閩南語初探》

本文為吳順興（2007）國立高雄師範大學臺灣語言及教學研究所碩士論文。以傳統方言學為出發，實地調查高雄市小港區紅毛港閩南話的語言現況。紅毛港已於 2007 年完成遷村，本文的調查與紀錄，可為紅毛港閩南話留下難得的方言文獻紀錄。

文中將紅毛港的聲調系統歸納為七個調類，即無陽上調。然筆者隨張屏生師於 2006 年 5 月底起展開紅毛港閩南話實地調查，發現紅

1　張屏生（2003：11）：「陰上變調大部分人是變 55：，但是在紅毛港是變 33：，這一點和臺中的沙鹿、澎湖的望安、七美的青年層是一樣的」。大林蒲閩南話與紅毛港閩南話同質性相當高，兩個地區的居民單從語音辨識對方身分，時而分不清對方是大林蒲人還是紅毛港人。誠如筆者到紅毛港進行調查時，當地老年層居民曾問及「你是毋是紅毛港人？你講話有紅毛港腔。」li_{55} si_{31} $m̩_{11}$ si_{11} $aŋ_{11}$ $mŋ_{11}$ $kaŋ_{33}$ $laŋ^{13}$？li_{33} $kɔŋ_{33}$ ue^{11} u_{11} $aŋ_{11}$ $mŋ_{11}$ $kaŋ_{33}$ $k^{h}ĩu^{33}$」。（你是不是紅毛港人？你說話有紅毛港腔調。）

毛港地區的陽上調仍存在，也就是古濁上聲字仍讀為陽上調，泉州腔的八個聲調系統仍保存完好，所以不該將陽上調與陽去調合併為一，共同討論，如此必造成音系上的大混亂。另外在聲調的歸類上，作者認為紅毛港閩南話的聲調為多元性，所以將其可能的聲調皆列入，但是經筆者實際調查發現，這些多出來的調類有些是受普通腔影響所致，故不該將其歸入音韻系統中。在同音字表的標示上，亦未加註該字為文讀、白讀、訓讀或替代字等，容易使讀者產生語音辨別上的混淆。由於紅毛港的地理位置甚為特殊，作者未將其與鄰近地區的閩南話做比較，例如旗津、哈瑪星、大林蒲等，若能將這些方言點一併歸入探討，更能看出其獨特之處。

第二節　傳統方言調查之文獻探究

傳統方言學的研究歷史，其源已久，從早期以「切韻」音系為調查使用方法，到改以記錄生活化的語料，不論其研究方法如何更改，不可諱言，傳統方言調查是一切的根本。正因為有諸多前輩學者的付出與努力，使後輩在研究調查上獲得莫大的助益。以下僅就傳統方言調查之部分文獻進行探討。

一、董同龢、趙榮琅、藍亞秀《記臺灣的一種閩南話》

本書擺脫過去單字記音的方式，改採記錄「各樣自然的話」，所以書中呈現各式語料，例如故事、劇本、俗諺、謎語、歌謠及長篇歌詞等生活化的詞彙語料。此做法對傳統方言調查可謂一項創舉，不再侷限於單字音的調查。

文中提及其所記錄的是當時流行於臺灣北部的閩南語，而語料部分皆出自呂女士，董同龢等（1992：4）提到「呂女士從小到現在，都生活在臺北市及其附近的市鎮，在我們所接觸到的臺灣北部的人之中，還沒有誰的話和她有什麼顯著的差異。」但文中並未交代呂女士的相關背景資料，故無法得知其所代表的是何區之方言。臺灣北部範圍如此大，各地都存在著方言差，若以一人做為全部之代表，則有失說服力。

二、董忠司〈臺北市、臺南市、鹿港、宜蘭等四個方言音系的整理與比較〉

為 1991 年刊載於《新竹師院學報》之文章。文中選定四個不同音系的方言點，以點為單位進行語音的整理與比較，其中包括臺北市（偏泉腔）、臺南市（偏漳腔）、鹿港（泉州腔）及宜蘭（漳州腔）四地，且單純以語音差異為探究，不涉及語法、詞彙。

從四地各別的語音系統，採重點敘述、音系陳列，再依其聲、韻、調進行方言差異比較；更特別的是，作者還針對現有舊資料進行修補的動作。

從比較資料中得知，在聲母方面，臺北市與宜蘭保存十五個聲母，而臺南市和鹿港則十四個，即「入」聲 /dz/ 與「柳」聲 /l/ 的有無；另外提到 /dz/ 的演變方向，有常見的 dz->l-，如「日頭」dzit8 t^hau5>lit8 t^hau5，以及少數地區如屏東、新竹，出現 dz->g-，如「寫字」sa2 dzi7 > sa2 gi7。筆者在大林蒲地區亦發現 dz->g- 的現象，如「杏仁」hin_{11} $dzin^{13}$>hin_{11} gin^{13}，在老代發音人中有此現象，中、少代則無。

在韻母方面，透過韻母對應規律表得知，鹿港與其他三地有顯著的差異，主因鹿港保留較多的泉州音，具備八個元音；另一特別者為臺南市的 /o/ 發生回頭演變，變成 /ə/，也因此使其成為全臺灣閩南語的特色。在聲調方面，則是鹿港異於其他三地，保持著具特殊性的泉州腔；而泉州腔新派卻有漸漸認同於南北混合腔的趨勢。

本文所選之方言點雖非同一音系，但經過董教授的比較與整理，可一窺臺灣閩南語音系，目前與未來的演變方向。惟其語料主要以前人所著為主，在歷經時代的變遷，語音的演變也出現差異性，若作者可將近年實地調查的結果納入，將更別具意義。

三、張屏生《臺灣地區漢語方言的語音和詞彙》

本書為張屏生師多年來勤跑田野調查的成果，共分論述篇及語料篇。論述篇中記載的方言類型共分四大類，分別為臺灣閩南話、臺灣客家話、馬祖閩東話（福州話）及臺灣軍話。在臺灣閩南話部分，共記錄了十九個方言點，臺灣客家話部分共計十二個方言點，遍及臺灣各鄉鎮及離島的澎湖、金門、馬祖及綠島等。更針對各方言點的語音系統、音系特點，及特殊音讀、特殊詞彙做一簡要詳實的記載，此外，採比較、歸納的方式，做語音、詞彙差異的分析。文中更設立專章探討了閩客雙方言的現象、言語的忌諱以及臺灣閩南語、臺灣客家話中的外來語彙。作者更於文末附上臺灣地區漢語方言分布圖，使讀者對臺灣地區漢語方言有一完整、系統性的概念。

語料篇中附有《高雄閩南話語彙集》及《臺灣漢語方言詞彙對照表》。作者依其所蒐集的語料兼採各地域差異，將詞彙做整體性的呈現，所羅列之語料的豐富性與完整度，堪稱方言研究必備的工具書。

第三節　臺灣閩南語社會方言學相關文獻探究

臺灣閩南語社會方言學的發展以後起之秀的姿態，如雨後春筍般蓬勃發展，社會方言學與傳統方言學最大的差異之處，在於主要是探究不同世代在語言的競爭、融合中所呈現的社會變異，誠如郭熙（1999：13）提到「社會語言學主要關心語言的現狀，只有在說明語言的社會變異的前因後果時，才涉及它們的歷史」。近年來相關論文著作皆兼採傳統方言學與社會方言學的研究方法，來進行語言的共時與歷時變異，以下列舉部分針對臺灣社會語言學的學術著作以為探究。

一、林珠彩《臺灣閩南語三代間語音詞彙的初步調查與比較——以高雄市小港區林家為例》

本文為林珠彩（1995）國立臺灣師範大學國文研究所碩士論文。文中選定小港區山明里林家三代為研究對象，將老中青三代的語音、詞彙變化做詳實的紀錄與比較，並羅列三代間的音節表及同音字表，使讀者能從中了解語音變化的狀況，本文在社會方言學上可算是紀錄共時變異的一篇重要著作。

作者並記錄了臺灣目前普遍存在的音變現象，如 dz → l，ian → en。作者將發音人條件控制在同一家人、祖孫三代內，但由其發音人簡介中發現，老年層代表為原籍高雄縣林園鄉人，1938 年嫁入林家，亦即時齡 24 歲才開始接觸當地語音，若能以原籍為小港區山明里人為代表，則更能將當地語音演變做一完整的紀錄；此外若能增加樣本數，則可使其論證更具說服力。

二、陳淑娟《桃園大牛欄方言的語音變化與語言轉移》

本文為陳淑娟（2002）臺灣大學中文研究所博士論文。主要針對桃園客語區內的方言島大牛欄，進行語音共時變化的探究。作者曾實地住進當地，觀察當地人語言互動的實況，並透過深度訪談、問卷調查，再將所得的資料化為統計數據，進行解釋。其中提到影響音變的因素，分為語言與社會兩大部分，文中更深入探討其中的變項，例如年齡、性別、語言的不安全感及語言能力、語言使用等等。這些變項提供筆者在進行社會方言調查時，更廣泛、更全面性的思考空間。

問卷進行中，受訪者共計326位，分為老年男性、老年女性、中年男性、中年女性、青年男性及青年女性六類，但是作者並未說明其年齡的劃分為何，尤其在中、青年兩層是以幾歲做為分界，更應將其定義清楚。

三、林郁靜《麥寮方言的研究與調查—語音及詞彙調查研究》

為國立新竹師範學院臺灣語言與語文教育研究所林郁靜（2002）碩士論文。主要是以麥寮地區的語音與詞彙做為探究對象，並將內容分為語音與詞彙兩大篇章。在語音部分除了進行傳統聲韻調的描述與音韻變化探究外，還進行老中青少四個年齡層（共計29人）的語音共時變異調查，並將所得之資料繪製成圖表，使讀者能一目瞭然。

依據調查結果發現，麥寮的偏泉腔特色，隨著年齡的下降有逐漸淡薄、向普通腔靠攏的趨勢，造成此一現象，主因受華語教育以及語言習慣改變所致；此外並發現閩南語華語化的趨勢，例如閩南語詞彙量大減與照華語字面直譯的現象。文中兼具傳統方言學與社會方言調查的探究方法，很值得筆者引以為參考。

文中「文獻回顧」一節（頁21），提及董忠司（1991）「分聲、韻、調三個方向做比較。……臺南和臺北已經把『入』字母併入『柳』字母。……」經筆者查閱董忠司（1991）原文，發現本論文中將「入」字母併入「柳」字母的地區誤值為臺南和臺北，實際「入」字母併入「柳」字母之區應為臺南和鹿港。

四、洪惟仁《音變的動機與方向：漳泉競爭與臺灣普通腔的形成》

本文為洪惟仁（2003）國立清華大學語言研究所博士論文。文中將共時方言學分為傳統方言學、地理方言學及社會方言學三科，前兩者屬於靜態的方言學，後者則屬於動態的方言學。過去前輩學者們多偏重於傳統方言學的研究，不可諱言，傳統方言學是一切的基礎，地理方言學與社會方言學必須依此根基而延續拓展，本論文則將此三者做一統合，在傳統方言學的理論基礎下，進行大規模的地理性語音變異調查，並與30年前的研究調查（鍾露昇，1967）進行「真實時間」的比較。

臺灣閩南話的多元性，在漳泉的競爭下自然呈現，而「新臺灣話」的形成，更是語言融合下的產物，作者並將臺灣目前正在進行的語音變化，例如：〈入〉字頭聲母 j → l，央元音的崩潰與定位前移，升調的平調化與中調化等，做一普遍性的解釋。文中最值得一提的是，理論與實務相結合，有調查資料必有統計分析，有統計分析必有理論解釋，這樣的呈現方式，使讀者能將理論與實務相互印證，得到立即性的對照。本文所探討的規模之大，足以做為臺灣閩南語發展之代表作。

第三章　研究方法

早期前輩學者在方言研究上，主要偏重於傳統的方言調查，如實地記載方言的現況，進而比較中古音韻，擬測古音，以做為語音歷時演變的推論證據，例如羅常培（1930）以廈門話為主，兼與十五音及廣韻做比較；董同龢（1959）記錄廈門、晉江、龍溪、揭陽四個方言點的生活化語料，再進行音系比較，並將閩南語音系與中古音音系做比較。近年來前輩學者們為了將語言的歷時性與共時性表現出來，遂將社會方言調查的部分加入，以突顯語言的共時變化，例如林珠彩（1995）記錄老中青三代的語音、詞彙，並進行比較，以歸納出語音演變的狀況，洪惟仁（2003）則是透過問卷問答的方式，大規模的記錄臺灣漳泉音的競爭趨勢。

第一節　研究方法

本研究兼採傳統的方言調查，與社會方言調查共同進行架構。在傳統的方言調查方面，採用直接調查法[1]，與發音人面對面進行自然、誘發式的訪談，將大林蒲地區的音韻現象做一詳實的記錄與整理，藉以建構大林蒲地區的音韻系統，製成同音字表，從中發現其語音的特色與歷時的變異。

1　游汝杰（1992：18）：「漢語方言學界都採用直接調查法，即實地調查法或稱為田野調查法。這種方法要求調查者或田野工作者面對面地調查和紀錄發音合作人的方言。」因為筆者家世居大林蒲，故藉地利之便，進行實地田野調查工作。

再透過社會調查法之問卷訪談，針對三代同堂間老、中、少三代在韻母及聲調上的語言使用現況、語音的敏感度及語言態度等進行探究，以釐清當地偏泉腔在高雄普通腔的強烈影響下，鬆動的程度與狀況，做為語言共時性演變之探究。

本研究在方言調查及問卷訪查進行的同時，皆事先徵得受訪者的同意，進行錄音的工作，尤其在問卷調查方面，更採一對一當面訪談的方式，由觀察者逐項向受訪者進行解說與記錄。

在詞彙採樣方面，筆者依當地人文特色，蒐集相關語彙資料或圖片，例如在魚類海鮮方面的詞彙，則借用臺灣省漁會及高雄市政府建設局漁業處所發行的圖卡，讓發音人得以從圖示中說出其名稱；此外並以張屏生（2003）《高雄市閩南話語彙稿》為主，兼參閱前輩學者所作的方言調查研究，例如洪惟仁《閩南語方言調查手冊》、張振興（1997）《臺灣閩南方言記略》及中國社會科學院語言研究所（2004）《方言調查字表》等，以補充遺漏之詞彙，並依據當地語音、詞彙特色詳加紀錄，共計 4,000 條以上。繼而與其他方言進行比較，找出大林蒲地區的特殊詞。

第二節　研究步驟

一、語彙資料的蒐集

訪談資料主要依據張屏生（2003）《高雄市閩南話語彙稿》、洪惟仁《簡表》、《閩南語調查手冊》及臺灣省漁會與高雄市政府建設局漁業處所發行的魚蟹類圖卡，依發音人較為熟知的主題進行誘發式的訪談。在訪談過程中並不時以張振興（1997）《臺灣閩南方言記略》與中國社會科學院語言研究所（2004）《方言調查字表》為輔，隨時填補資料。

二、音韻系統的歸納

將訪談中所得的語料，逐條進行記音工作，製成同音字表，歸納出大林蒲閩南話的音韻系統與特色。

三、音韻系統的分析

依據中古音的準則來分析大林蒲閩南話，探究其語音的歷時與共時演變。

四、語音詞彙的比較

將大林蒲閩南話與高雄普通腔、高雄縣田寮及紅毛港閩南話做語音及詞彙的差異比較，並以表格的方式呈現之，從中發掘其特色詞。

五、語料的呈現

訪談中所蒐集的語料除了詞彙外，兼含諺語、故事等，將這些資料一一呈現。

六、社會調查

針對大林蒲地區三代同堂的老、中、少三代進行社會調查，以了解大林蒲閩南話的使用現況，並探究其變化情況。

第三節　本文音標使用之說明

本文採用國際音標（IPA）標音，並採寬式記音，說明如下：

一、輔音部分

學者們普遍認為閩南話的聲母在音位上只有十五個，/m-、n-、ŋ-/是因為 /b-、l-、g-/ 和鼻化韻拼合後，因為同化作用而產生，在理論上可以省略這三個聲母，但為了便於問題的說明，故本文在語音的描寫，仍採用之，至於零聲母，則不做任何標記。

表 3-1　聲母總表

發音方法＼發音部位			雙　脣	舌尖前	舌　根	喉
塞　音	清	不送氣	p	t	k	
		送　氣	p^h	t^h	k^h	
	濁	不送氣	b		g	
塞擦音	清	不送氣		ts		
		送　氣		ts^h		
	濁	不送氣		dz		
鼻　音	濁		m	n	ŋ	
邊　音	濁			l		
擦　音	清			s		h

二、元音部分

（一）國際音標在鼻化韻母的表現方式為，在該音節的主要元音上方標以「~」符號，例如「a」的鼻化音就是「ã」。筆者採用國際音標的標示法，將 /m-、n-、ŋ-/ 後方的韻母標上鼻化符號，例如「午」$ŋɔ̃^{51}$。

（二）大林蒲閩南話在「ə」的發音部位上較偏舌面後，不如普通腔的「ə」舌位那麼靠近中央，故在標音上將之統一記為「o」。

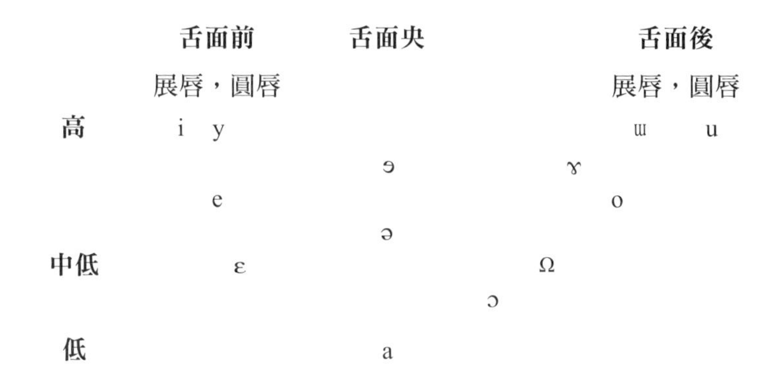

圖 3-1　元音舌位圖

三、聲調部分

（一）在聲調的標記上，採趙元任的「五度標記法」，音高由 5 → 1 遞減。

（二）若所標記的是調值，則採用字型較小、偏右上方之阿拉伯數字表示該音節之本調；若為變調的話，則將表示調值之數字字型縮小，標於音節的右下方，例如「大林蒲」tua_{11} $nã_{11}$ $pɔ^{13}$。

（三）輕聲調的標示法為，在該音節前標上〔 • 〕符號，且將輕聲調值標記於音節的右下方，例如「假的」ke^{51} •e_{11}。

（四）部分語料務必標註調類時，則採用全形之阿拉伯數字表示，其對應如表 3-2 所列：

表 3-2 聲調對應表

調　類	陰平	陰上	陰去	陰入	喉陰入	陽平	陽上	陽去	陽入	喉陽入
調類代碼	1	2	3	4	4	5	6	7	8	8
本調 > 變調	**33>33**	51>**33**	11>51	31>51	31>51	13 >**11**	31>11	**11**>11	55>11	55>11

第四節　其他符號說明

本論文中可能使用的符號，如下所列：

> 表示「…變成…」，例如「流血」lau_{11} hue^{51}>lau_{11} hui^{51}，表示 lau_{11} hue^{51} 變成 lau_{11} hui^{51}，有時亦會以單箭頭「→」符號表示。

~ 單獨使用不加韻母時，表示省字符號，例如「淡」（鹹~），表示「淡」字的省略。但若標示在元音上方，則表示鼻化韻。

[ ] 音值符號，音標標示於方括弧中，表示音值，例如 [i]、[31]，該符號有時省略不做標記。

/ / 音位符號，標示於雙斜線中的音標，表示音位，例如 /p/ 表示 p 是一個音位，該符號亦可省略不標示出來，直接寫 p。

□ 表示在「音節表」和「同音字表」中有音義，但無合適之漢字。

R.　表示在「音節表」和「同音字表」中的文讀音。

C.　表示在「音節表」和「同音字表」中的白讀音。

T.　表示在「音節表」和「同音字表」中的替代字，包括訓讀字、方言俗字。

其他臨時使用的符號，則隨文標註，加以說明。

第四章　高雄市大林蒲閩南話的音韻系統

大林蒲地區的音韻系統，以老年層發音人為主，如與之有異者，則另行加註說明。發音人不以一人為限，彼此相互為輔。本章節主要針對大林蒲閩南話的語音系統、語音特性及特殊的「仔」前變調三部分進行探討，期能將其音韻系統作一完整的介紹。

第一節　語音系統

一、聲母系統

大林蒲閩南話共計十八個聲母（包含 m-、n-、ŋ-），仍保留 dz- 聲母，如「寫字」sia_{33} dzi^{11}、「放尿」$paŋ_{51}$ $dzio^{11}$ ，這一點和臺灣大部分的偏泉腔方言是不同。以下分別以「大林蒲閩南話聲母表」、「聲母舉例」及「聲母說明」三種方式呈現其系統：

（一）大林蒲閩南話聲母表

<table>
<tr><th colspan="3">發音部位
發音方法</th><th>雙　脣</th><th>舌尖前</th><th>舌　根</th><th>喉</th></tr>
<tr><td rowspan="3">塞　音</td><td rowspan="2">清</td><td>不送氣</td><td>p 邊</td><td>t 地</td><td>k 求</td><td>ɸ 英</td></tr>
<tr><td>送　氣</td><td>p^h 頗</td><td>t^h 他</td><td>k^h 去</td><td></td></tr>
<tr><td>濁</td><td>不送氣</td><td>b 門</td><td></td><td>g 語</td><td></td></tr>
<tr><td rowspan="3">塞擦音</td><td rowspan="2">清</td><td>不送氣</td><td></td><td>ts 曾</td><td></td><td></td></tr>
<tr><td>送　氣</td><td></td><td>ts^h 出</td><td></td><td></td></tr>
<tr><td>濁</td><td>不送氣</td><td></td><td>dz 入</td><td></td><td></td></tr>
<tr><td>鼻　音</td><td>濁</td><td></td><td>m 毛</td><td>n 年</td><td>ŋ 雅</td><td></td></tr>
<tr><td>邊　音</td><td>濁</td><td></td><td></td><td>l 柳</td><td></td><td></td></tr>
<tr><td>擦　音</td><td>清</td><td></td><td></td><td>s 時</td><td></td><td>h 喜</td></tr>
</table>

（二）聲母舉例

p ：飽 pa^{51}、冰 piŋ^{33}、佛 put^{55}、倍 pue^{31}、飯 pŋ^{11}、平 pĩ^{13}

p^{h} ：疱 p^{h}aʔ^{31}、票 p^{h}io^{11}、蜂 p^{h}aŋ^{33}、皮 p^{h}ue^{13}、潘 p^{h}uã^{33}、簿 p^{h}ɔ̃^{31}

b ：卯 bau^{51}、米 bi^{51}、慕 bɔ^{11}、迷 be^{13}、魏 bui^{11}、宓 bit^{55}

m ：昧 mãi^{11}、脈 mẽʔ^{55}、魔 mɔ̃^{13}、玫 mũi^{13}、麵 mĩ^{11}、門 mŋ^{13}

t ：礁 ta^{33}、黨 tɔŋ^{51}、丈 tĩu^{31}、除 tu^{13}、糴 tiaʔ^{55}、長 tŋ^{13}

t^{h} ：太 t^{h}ai^{11}、啼 t^{h}i^{13}、討 t^{h}o^{51}、吞 t^{h}un^{33}、託 t^{h}ɔk^{31}、湯 t^{h}ŋ^{33}

ts ：走 tsau^{51}、曹 tso^{13}、摺 tsiʔ^{31}、戰 tsian^{11}、船 tsun^{13}、租 tsɔ^{33}

ts^{h} ：柴 ts^{h}a^{13}、菜 ts^{h}ai^{11}、搶 ts^{h}ĩu^{51}、冊 ts^{h}eʔ^{31}、手 ts^{h}iu^{51}、穿 ts^{h}ŋ^{33}

dz ：二 dzi^{11}、忍 dzim^{51}、饒 dziau^{13}、仁 dzin^{13}、乳 dzu^{51}、熱 dzuaʔ^{55}

n ：梨 nãi^{13}、量 nĩu^{13}、領 nĩa^{51}、卵 nŋ^{31}、老 nɔ̃^{51}、貓 niãu^{33}

l ：內 lai^{31}、鹿 lɔk^{55}、苓 liŋ^{31}、蕊 lui^{51}、立 lip^{55}、六 lak^{55}

s ：視 si^{31}、掃 sau^{11}、鎖 so^{51}、生 sĩ^{33}、禪 siam^{13}、術 sut^{55}

k ：江 kaŋ^{33}、古 kɔ^{51}、金 kim^{33}、鋼 kŋ^{11}、骨 kut^{31}、鹹 kiam^{13}

k^{h} ：巧 k^{h}a^{51}、康 k^{h}ɔŋ^{33}、柿 k^{h}i^{31}、睏 k^{h}un^{11}、刻 k^{h}ik^{31}、糠 k^{h}ŋ^{33}

g ：語 gi^{51}、顏 gan^{13}、玉 gik^{55}、牛 gu^{13} [1]、藝 ge^{11}、月 guat^{55}

ŋ ：藕 ŋãu^{11}、莢 ŋẽʔ^{31}、午 ŋɔ̃^{51}、迎 ŋiã^{13}、硬 ŋẽ^{31}、雅 ŋã^{51}

h ：好 ho^{51}、風 hɔŋ^{33}、休 hiu^{33}、學 hak^{55}、父 hu^{31}、媒 hm̩^{13}

ϕ ：鴉 a^{33}、姚 iau^{13}、惡 ɔ̃^{11}、有 u^{31}、譯 ik^{55}、厄 e^{31}

---

1 「牛 gu^{13}」一般讀為 /g/ 的音，但是在「春牛圖」一詞，「牛」則讀為 /b/ 的音。

（三）聲母說明

p：　為雙唇不送氣的清塞音，發音時雙唇會先閉合再破裂。當其後面接前展元音（如 /a、e、i/）時，雙唇先合攏再略展；若為後接後圓元音（如 /u、o、ɔ/）時，雙唇則會先撮圓再發音。唇型的差異，對其音位並無造成對立關係，故其音位符號以 p 為代表。/p/ 亦可用於韻尾，其發音過程只有成阻與持阻，並無明顯的除阻發生，也就是發音部位受阻塞後，氣流即中斷，無法再延續下去。

p^h：　為 /p/ 的送氣音，其後接前、後元音及發音情形與 /p/ 相同，惟其不可用於韻尾。

b：　為雙唇不送氣的濁塞音，發音時雙唇輕微接觸，破裂微弱，且略帶鼻音。後接前展元音時，雙唇先行合攏再略展，若後接後圓元音時，則會雙唇先撮圓再發音，此兩者的差異對其音位不致造成對立，故以 /b/ 為其音位符號。

m：　為雙唇、濁鼻音，發音時雙唇破裂極微，與 /b/ 相近，但帶有較重的鼻音。/b/ 後接非鼻化的韻母，而 /m/ 則後接鼻化的韻母，兩者在音位上為互補關係。理論上應將其視為同一音位，惟本文考量語音討論的方便性，故將其分記為二。標音時，/m/ 後面的韻母，一律將鼻化符號“~”標示出來，不予省略。/m/ 亦可做為韻尾輔音使用，當其前接後元音 /ɔ/ 時，雙唇亦會先撮圓。

t：　為舌尖前不送氣的清塞音，發音時舌尖會先頂住上齒背，舌頭與嘴張開不送氣，帶有輕微的破裂音。後接後圓元音時，會雙唇先撮圓再發音，與後接前展元音唇形不同，但對音位並無影響，故仍以 /t/ 為標記。/t/ 可用於韻尾，其發音過程只有成阻與持阻，並無明顯的除阻發生，也就是發音部位受阻塞後，氣流即中斷。

t^h：為 /t/ 的送氣音，口舌張開時要送氣，亦為破裂音。其後接前、後元音及發音情形與 /t/ 相同，惟其不可用於韻尾。

ts：為舌尖前不送氣清塞擦音，發音時舌尖前與上齒背相抵，阻礙氣流流動。後接前元音時，阻塞部位會稍顎化，呈展唇；後接後元音時，雙唇則會先撮圓再發音，但此差異對音位並無造成對立，故以 /ts/ 為音位符號。

ts^h：為 /ts/ 的送氣音，其後接前、後元音及發音情形與 /ts/ 相同。

s：為舌尖清擦音，發音時舌面前與前硬顎，兩相摩擦而發聲。與元音結合的音值和 /ts/ 相同。

dz：為舌尖不送氣的濁塞擦音，發音時舌尖先抵住上齒背形成阻塞，其阻塞程度輕於 /t/、/ts/，接近於 /z/，但對音位不造成對立，故其音位符號仍記為 /dz/。當其後接前高元音 /i/ 時，舌位會略往前移；而後接高元音 /u/ 時，雙唇會先撮圓在發音。/dz/ 不做韻尾使用。

l：為舌尖濁邊音，發音時舌尖與硬顎輕觸，氣流由舌面、兩側流出，有「塞音化」傾向，當其後接圓唇後元音（如 /ɔ/、/o/、/u/）時，雙唇會先撮圓再發音，但在音位上仍以 /l/ 為標記符號。

n：　為舌尖濁鼻音。/n/、/l/ 兩者為音位的互補關係，本文之處理方式同於「b/m」、「g/ŋ」。/n/ 可做為韻尾，前接韻母 /ɔ/ 時，雙唇會隨其撮圓。

k：　為舌根不送氣清塞音。發音時舌根與軟顎相接近，對氣流形成阻塞，氣流突破這個阻礙後，才發出音來。後接前展元音時，雙唇先行開展再發音；若後接後圓元音時，雙唇則會先撮圓再發音。唇型的差異，對其音位並無造成對立關係，故其音位符號仍以為 k 代表。/k/ 亦可用於韻尾，其發音過程只有成阻與持阻，並無明顯的除阻發生，也就是發音部位受阻塞後，氣流即中斷。

k^h：　為 /k/ 的送氣音，其後接前、後元音及發音情形與 /k/ 相同，但不做為韻尾使用。

g：　為舌面後不送氣的濁塞音，發音時舌根與軟顎輕微接觸，略帶輕微鼻音。若與鼻化元音相結合，其音值同於 /ŋ/。

ŋ：　為舌面後濁鼻音，發音時舌根會先阻塞，氣流經鼻孔排出，鼻音濃重。與 g 為音位互補性關係，為了語音討論的方便，本文不將兩者歸併為一，且標音時，/ŋ/ 後面的鼻化韻母一律將鼻化現象標註出來，不予省略。/ŋ/ 可做為韻尾。

h：　為喉部清擦音，和不同的元音結合時會有不同的變化。當其後接前高元音 /i/ 時，上阻硬顎、下阻近舌面中；當後接元音 /e/ 時，上阻仍為硬顎、但下阻則移至舌面中；若後接後元音 /ɔ/、/o/、/u/ 時，雙唇會先撮圓，氣流再由舌面後擦出；若為

後接元音 /a/，氣流則由喉部擦出。儘管隨著後接元音的高低前後不同，其音值有所差異，但在音位上並不構成對立，故仍統一標記為 /h/。

ϕ： 表示零聲母，也就是無聲母，韻母單獨成字。有時發音會有喉塞不送氣的現象，記音時不標示任何記號，列表則以 /ϕ/ 代替。

大林蒲閩南話的聲母有十八個，若以傳統的十五音方式說明，則為十五個聲母，「入」字頭 /dz/ 仍保留，這是與其他泉州腔較不同的地方。從老中少四代的發音狀況，可發現部分聲母產生了變化，例如：/dz-/ 有鬆動的現象，往 /l-、g-/ 移轉。

二、韻母系統

大林蒲閩南話的韻母共有八十八個。有 /a、ɔ、o、e、i、u/ 六個主要元音；/i、u/ 兩個介音；/i、u/ 兩個元音韻尾以及七個輔音韻尾 /m、n、ŋ、p、t、k、ʔ/ 等音位相互結合而成，此外還有 /m̩、ŋ/ 兩個韻化鼻音。分別說明如下：

(一) 韻母表

1. 韻母排列表

由表 4-1 可知，舒聲韻共計四十五個。其中包括陰聲韻十六個，鼻化韻十四個，韻化鼻音二個，以及鼻尾韻十三個。

表 4-1　大林蒲閩南話韻母排列表

	陰聲韻			鼻化韻			鼻尾韻		
開口	a	ai	au	ã	ãi	ãu	am	an	aŋ
	ɔ			ɔ̃					ɔŋ
	o								
	e			ẽ					
齊齒	i		iu	ĩ		ĩu	im	in	iŋ
	ia		iau	iã		iãu	iam	ian	iaŋ
	io								iɔŋ
合口	u	ui		ũ	ũi			un	
	ua	uai		uã	uãi			uan	
	ue			uẽ					
				韻化鼻音					
				m̩					
				ŋ					

2. 入聲韻母排列表

由表 4-2 可知，入聲韻共計四十三個。其中包括喉塞入聲韻十六個，鼻化喉塞入聲韻十一個，韻化輔音喉塞入聲韻二個，以及 p、t、k 入聲韻尾十四個。

表 4-2　大林蒲閩南話入聲韻母排列表

	喉塞入聲韻			鼻化喉塞入聲韻			入聲韻尾 p、t、k		
開口	aʔ	aiʔ	auʔ	ãʔ	ãiʔ	ãuʔ	ap	at	ak
	ɔʔ			ɔ̃ʔ					ɔk
	oʔ								
	eʔ			ẽʔ					
齊齒	iʔ		iuʔ	ĩʔ		ĩuʔ	ip	it	ik
	iaʔ		iauʔ	iãʔ		iãuʔ	iap	iat	iak
	ioʔ								iɔk
合口	uʔ	uiʔ						ut	
	uaʔ	uaiʔ		uãʔ	uãiʔ			uat	uak
	ueʔ								
				韻化輔音喉塞入聲韻					
				m̩ʔ					
				ŋʔ					

（二）主要元音與韻尾、介音結合表

1. 主要元音與韻尾結合表（主要元音 + 韻尾）

(1) 元音 /a/、/i/ 可與上述七個韻尾結合。

(2) 元音 /u/ 只與舌尖韻尾 /-n/、/-t/ 及喉塞韻尾 /-ʔ/ 結合。

(3) 元音 /o/、/e/ 只接喉塞韻尾 /-ʔ/ 結合。

(4) 元音 /ɔ/ 只與輔音韻尾 /-ŋ/、/-k/、/-ʔ/ 結合。

表 4-3　大林蒲閩南話元音與韻尾結合表

韻尾＼主要元音	a	ɔ	o	e	i	u
-m	am	—	—	—	im	—
-n	an	—	—	—	in	un
-ŋ	aŋ	ɔŋ	—	—	iŋ	—
-p	ap	—	—	—	ip	—
-t	at	—	—	—	it	ut
-k	ak	ɔk	—	—	ik	—
-ʔ	aʔ	ɔʔ	oʔ	eʔ	iʔ	uʔ

2. 介音與主要元音結合表（介音 + 主要元音）

(1) 介音 /i/ 不與元音 /ɔ/、/e/ 相拼合。

(2) 介音 /u/ 不與元音 /ɔ/、/o/ 相拼合。

表 4-4　大林蒲閩南話介音與主要元音結合表

介音＼主要元音	a	ɔ	o	e	i	u
i	ia	—	io	—	—	iu
u	ua	—	—	ue	ui	—

（三）韻母舉例

a　：巴 pa^{33}　、罩 ta^{11}　、咬 ka^{31}　、霞 ha^{13}　、密 ba^{11}　、啦 la^{51}

ai　：哀 ai^{33}　、眉 bai^{13}　、颱 t^{h}ai^{33}　、賽 sai^{11}　、在 tsai^{31}　、改 kai^{51}

au　：歐 au^{33}　、斗 tau^{51}　、漏 lau^{11}　、厚 kau^{31}　、臭 ts^{h}au^{11}　、校 k^{h}au^{11} [2]

ã　：三 sã^{33}　、敢 kã^{51}　、擔 tã^{11}　、藍 nã^{13}　、淡 tã^{31} [3]　、餡 ã^{11}

ãi　：買 mãi^{51}　、埋 mãi^{13}　、奈 nãi^{31}　、耐 nãi^{11}　、哎 ãi^{51} [4]　、□ kãi^{33} [5]

ãu　：腦 nãu^{51}　、藕 ŋãu^{11}　、貌 mãu^{11}　、鬧 nãu^{11}　、汪 hãu^{51}　、矛 mãu^{13} [6]

am　：掩 am^{33}　、感 kam^{51}　、探 t^{h}am^{11}　、南 lam^{13}　、站 tsam^{31}　、陷 ham^{11}

an　：安 an^{33}　、班 pan^{33}　、挽 ban^{51}　、言 gan^{13}　、燦 ts^{h}an^{11}　、限 han^{31}

aŋ　：翁 aŋ^{33}　、港 kaŋ^{51}　、粽 tsaŋ^{11}　、重 taŋ^{31}　、帆 phaŋ^{13}　、項 haŋ^{31}

aʔ　：鴨 aʔ^{31}　、百 paʔ^{31}　、甲 kaʔ^{31}　、踏 taʔ^{55}　、獵 laʔ^{55}　、合 haʔ^{55}

aiʔ　：實 tsaiʔ^{55} [7]

auʔ：爆 pauʔ^{31}、貿 bauʔ^{55} [8]、噢 auʔ^{55} [9]

ãʔ　：凹 nãʔ^{31} [10]、鴟 nãʔ^{55} [11]

---

2 「校」k^{h}au^{11} 字，在老年層發音人發 k^{h}au^{11}，但是中年層發音人則發為 hau^{11}。

3 「鹹淡」kiam$_{11}$ tã^{31}：指食物鹹的程度。

4 「哎」ãi^{51}：騙小孩打人的聲音。

5 「□」kãi^{33}：狗叫聲。

6 「矛」mãu^{13}：這個音用於「矛盾」一詞。

7 「實腹」tsaiʔ^{55}$_{11}$ pak^{31}：/aiʔ/ 韻原本應該為 /at/，因受 p 影響發生變化。

8 「貿」bauʔ^{55}：批發。

9 「噢」auʔ^{55}：呼牛快跑。

10 「起清凹」k^{h}i$_{33}$ sin$_{51}$ nãʔ^{31}：指蕁麻疹。

11 「鴟鴞仔」nãʔ^{55}$_{11}$ hio$_{33}$ a^{51}：老鷹。

ãiʔ ：凹 nãiʔ^{31} [12]

ãuʔ：啂 nãuʔ^{31}、嚆 hãuʔ^{55}、呬 mãuʔ^{31}（～喙）、磽 k^{h}ãuʔ^{55}（～～叫）

ap ：壓 ap^{31}、答 tap^{31}、圾 sap^{31}、納 lap^{55}、十 tsap^{55}、合 hap^{55}

at ：握 at^{31}、八 pat^{31}、結 kat^{31}、賊 ts^{h}at^{55}、達 tat^{55}、力 lat^{55}

ak ：沃 ak^{31}、北 pak^{31}、角 kak^{31}、樂 gak^{55}、讀 t^{h}ak^{55}、木 bak^{55}

ɔ ：烏 ɔ^{33}、補 pɔ^{51}、醋 ts^{h}ɔ^{11}、蒲 pɔ^{13}、戶 hɔ^{31}、度 tɔ^{11}

ɔ̃ ：五 ŋɔ̃^{51}、謀 mɔ̃^{13}、娥 ŋɔ̃^{13}、冒 mɔ̃^{11}、□ kɔ̃^{31}（臭～～）

ɔŋ ：當 tɔŋ^{33}、枉 ɔŋ^{51}、宋 sɔŋ^{11}、農 lɔŋ^{13}、動 tɔŋ^{31}、鳳 hɔŋ^{11}

ɔʔ ：落 lɔʔ^{55}、薄 pɔʔ^{55}（～荷）

ɔ̃ʔ ：膜 mɔ̃ʔ^{55}、[扌冒] mɔ̃ʔ^{31}（雙手抱）

ɔk ：福 hɔk^{31}、卜 pɔk^{31}、束 sɔk^{31}、鱷 k^{h}ɔk^{55}、祿 lɔk^{55}、牧 bɔk^{55}

o ：玻 po^{33}、嫂 so^{51}、澳 o^{11}、何 ho^{13}、抱 p^{h}o^{31}、帽 bo^{11}

oʔ ：卓 toʔ^{31}、索 soʔ^{31}、粕 p^{h}oʔ^{31}、箔 poʔ^{55}、鶴 hoʔ^{55}、學 oʔ^{55}

e ：妹 be^{11}、芽 ge^{13}、替 t^{h}e^{11}、挨 e^{33}、坐 tse^{31}、尾 be^{51} [13]

eʔ ：伯 peʔ^{31}、體 t^{h}eʔ^{31}、雪 seʔ^{31}、麥 beʔ^{55}、笠 leʔ^{55}、宅 t^{h}eʔ^{55}

ẽ ：坑 k^{h}ẽ^{33}、庚 kẽ^{33}、莓 mẽ^{13}、鄭 tẽ^{11}、呢 nẽ^{33}（按～）

ẽʔ ：蜢 mẽʔ^{31}、挾 ŋẽʔ^{31}、夾 ŋẽʔ^{55}、勁 ŋẽʔ^{55}（後～）、麥 mẽʔ^{55}（番～）

i ：剃 t^{h}i^{11}、醫 i^{33}、比 pi^{51}、徐 ts^{h}i^{13}、是 si^{31}、餌 dzi^{11}

iu ：優 iu^{33}、酒 tsiu^{51}、繡 siu^{11}、柔 dziu^{13}、稻 tiu^{11}、樹 ts^{h}iu^{11}

ĩ ：邊 pĩ^{33}、染 nĩ^{51}、扇 sĩ^{11}、纏 tĩ^{13}、耳 hĩ^{31}、鼻 pĩ^{11}

---

12 「凹鼻」nãiʔ$^{31}_{55}$ p^{h}i^{11}：塌鼻子。

13 「尾」be^{51}：老年層發音人仍唸 /be^{51}/，少年層發音人此字則多唸為 /bue^{51}/。

ĩu ：鴦 ĩu^{33} 、兩 nĩu^{51} 、羊 ĩu^{13} 、唱 ts^{h}ĩu^{11}、想 sĩu^{31} 、讓 nĩu^{11}

im ：音 im^{33} 、熊 him^{13} 、浸 tsim^{11} 、妗 kim^{31} 、壬 dzim^{11} 、忍 dzim^{51}

in ：賓 pin^{33} 、引 in^{51} 、進 tsin^{11} 、銀 gin^{13} 、近 kin^{31} 、認 dzin^{11}

iŋ ：冷 liŋ^{51} 、應 iŋ^{11} 、松 ts^{h}iŋ^{13} 、虹 k^{h}iŋ^{31} 、孟 biŋ^{11} 、身 siŋ^{33} [14]

ia ：瓦 hia^{31} 、寄 kia^{11} 、鵝 gia^{13} 、車 ts^{h}ia^{33}、謝 tsia^{11} 、惹 dzia^{51}

iau ：僑 kiau^{13}、表 piau^{51} 、抓 dziau^{11}、柱 t^{h}iau^{31}、耀 iau^{11} 、超 ts^{h}iau^{33}

iã ：丙 piã^{51} 、兄 hiã^{33} 、鏡 kiã^{11} 、埕 tiã^{13} 、健 kiã^{11}（勇～）

iãu ：貓 niãu^{33}、妙 miãu^{33}、鳥 niãu^{51} 、擽 ŋiãu^{33} [15]、苗 miãu^{13}（～栗）

iam：鹽 iam^{13} 、針 tsiam^{33}、劍 kiam^{11}、驗 giam^{11}、儉 k^{h}iam^{31} 、染 dziam^{51}

ian ：延 ian^{13} 、編 pian^{33}、免 bian^{51} 、薦 tsian^{11}、電 tian^{31} 、現 hian^{11}

iaŋ ：誰 siaŋ^{13} 、響 hiaŋ^{51} 、雙 siaŋ^{33} 、唱 ts^{h}iaŋ^{11}、嚷 dziaŋ^{51} 、亮 liaŋ^{11} [16]

io ：燒 sio^{33} 、秒 bio^{51} 、叫 kio^{11} 、搖 io^{13} 、后 hio^{31} 、尿 dzio^{11}

iɔŋ ：央 iɔŋ^{33} 、賞 siɔŋ^{51} 、將 tsiɔŋ^{11}、諒 liɔŋ^{11} 、茸 dziɔŋ^{13} 、中 tiɔŋ^{33}

iʔ ：鱉 piʔ^{31} 、鐵 t^{h}iʔ^{31} 、爍 siʔ^{31} 、篾 biʔ^{55} 、裂 liʔ^{55} 、舌 tsiʔ^{55}

iuʔ ：擢 tiuʔ^{31} 、啁 tsiuʔ^{31}（密～～） 、絿 kiuʔ^{31}（～帶）

ĩʔ ：躡 nĩʔ^{31} 、物 mĩʔ^{31} 、菵 mĩʔ^{31} 、拇 hĩʔ^{31}

ĩuʔ：哓 hĩuʔ^{55}（～～喘）

ip ：執 tsip^{31} 、吸 k^{h}ip^{31} 、濕 sip^{31} 、習 sip^{55} 、入 dzip^{55} 、集 tsip^{55}

it ：一 it^{31} 、匹 p^{h}it^{31} 、乞 k^{h}it^{31} 、日 dzit^{55} 、蜜 bit^{55} 、直 tit^{55}

---

14 「身軀」siŋ^{33} k^{h}u^{33}：「身」原本為 /sin/ 韻，因受後面 /k^{h}/ 影響，而發生 n>ŋ 的音變現象。

15 「擽」ŋiãu^{33}：搔癢，或癢的意思。

16 「亮」liaŋ^{11}：用於「諸葛亮 tsu$_{33}$ kat$_{55}$ liaŋ^{11}」一詞。

ik　：億 ik^{31}、碧 p^{h}ik^{31}、色 sik^{31}、白 pik^{55}、籍 tsik^{55}、熟 sik^{55}

iaʔ：驛 iaʔ^{55}、摘 tiaʔ^{31}、掠 liaʔ^{55}、壁 piaʔ^{31}、屐 kiaʔ^{55}、赤 ts^{h}iaʔ^{31}

iauʔ：蔲 hiauʔ^{31} [17]、墝 k^{h}iauʔ^{31}（有~~）

iãʔ：挔 hiãʔ^{31}、嚇 hiãʔ^{31}（心驚膽~）

iãuʔ：蟯 ŋiãuʔ^{55} [18]、□ hiãuʔ^{31}（芳~~）

iap：葉 iapʔ^{55}、蝶 tiapʔ^{55}、粒 liapʔ^{55}、劫 kiapʔ^{31}、帖 t^{h}iapʔ^{31}、汁 tsiapʔ^{31}

iat：設 siat^{31}、吉 kiat^{31}、哲 t^{h}iat^{31}、別 piat^{55}、熱 dziat^{55}、滅 biat^{55}

iak：摔 siak^{31}、業 giak^{55}、擗 p^{h}iak^{31}（鳥~仔）、嚓 ts^{h}iak^{55}（~~趒）

ioʔ：藥 ioʔ^{55}、借 tsioʔ^{31}、歇 hioʔ^{31}、石 tsioʔ^{55}、尺 ts^{h}ioʔ^{31}、蓆 ts^{h}ioʔ^{55}

iɔk：約 iɔk^{31}、淑 siɔk^{31}、局 kiɔk^{55}、祝 tsiɔk^{31}、陸 liɔk^{55}、辱 dziɔk^{55}

u　：污 u^{33}、女 lu^{51}、厝 ts^{h}u^{11}、詞 su^{13}、舅 ku^{31}、具 k^{h}u^{31} [19]

ui　：梯 t^{h}ui^{33}、匪 hui^{51}、屁 p^{h}ui^{11}、圍 ui^{13}、跪 kui^{31}、吠 pui^{11}

ũ　：嗚 ũ^{31}（喵~；貓叫聲）

ũi　：橫 hũi^{13}、煤 mũi^{13}、每 mũi^{51}、機 kũi^{33} [20]、快 k^{h}ũi^{11}（~活）

un　：分 pun^{33}、榫 sun^{51}、噴 p^{h}un^{11}、文 bun^{13}、暈 hun^{31}、韌 dzun^{11}

ua　：歌 kua^{33}、大 tua^{11}、化 hua^{11}、蛇 tsua^{13}、倚 ua^{51}、呱 kua^{31} [21]

uai：歪 uai^{33}、枴 kuai^{51}、壞 huai^{11}、快 k^{h}uai^{11}、懷 huai^{13}、莫 buai^{31}

uã　：鞍 uã^{33}、滿 muã^{51}、半 puã^{11}、泉 tsuã^{13}、伴 p^{h}uã^{31}、旱 huã^{11}

---

17 「蔲」hiauʔ^{31}：東西龜裂捲起。

18 「蟯蟯顫」ŋiãu$_{11}$ ŋiãu$_{11}$ tsun^{11}：指身體不停扭動。

19 「具」k^{h}u^{31}：為計量單位詞，例如「棺材一具」kuã$_{33}$ ts^{h}a^{13} tsit$_{11}$ k^{h}u^{31}。

20 「布機仔」pɔ$_{51}$ kũi$_{33}$ ã^{51}：早期用來織布的機器。

21 「譀呱呱」ham$_{51}$ kua$_{11}$ kua^{31}：很誇張，不切實際的意思。

uãi ：梗 kuãi^{51} 、關 kuãi^{33} 、檨 suãi^{11} 、糜 muãi^{13} [22]、跩 tsuãi^{31}（~著）

uan：怨 uan^{11} 、暖 luan^{51} 、搬 puan^{33} 、團 t^{h}uan^{13}、范 huan^{31} 、縣 kuan^{11}

ue ：杯 pue^{33} 、粿 kue^{51} 、貨 hue^{11} 、皮 p^{h}ue^{13} 、罪 tsue^{31} 、畫 ue^{11}

uẽ ：妹 muẽ^{11}（太~）

uʔ ：發 puʔ^{31} 、拓 t^{h}uʔ^{31} 、揬 tuʔ^{55} 、盹 tuʔ^{31} [23]、欶 suʔ^{31}（~管）

uiʔ ：血 huiʔ^{31}

ut ：鬱 ut^{31} 、出 ts^{h}ut^{31}、戌 sut^{31} 、律 lut^{55} 、秫 tsut^{55} 、滑 kut^{55}

uaʔ：活 uaʔ^{55} 、撥 puaʔ^{31}、屜 t^{h}uaʔ^{31} 、拔 puaʔ^{55} 、泄 ts^{h}uaʔ^{31} 、蚻 uaʔ^{55} [24]

uãʔ：袚 p^{h}uãʔ^{55}

uaiʔ：踒 uaiʔ^{31} 、拐 kuaiʔ^{31}（~著）

uãiʔ：拐 kuãiʔ^{55} [25]

uat ：雪 suat^{31} 、脫 t^{h}uat^{31} 、法 huat^{31} 、奪 tuat^{55} 、絕 tsuat^{55} 、月 guat^{55}

uak：呱 k^{h}uak^{55}

ueʔ：拔 pueʔ^{55}、說 sueʔ^{31} 、郭 kueʔ^{31} 、缺 k^{h}ueʔ^{31}、襪 bueʔ^{55} 、月 gueʔ^{55}

m̩ ：媒 hm̩^{13} 、毋 m̩^{11} 、姆 m̩^{51}

m̩ʔ ：揤 hm̩ʔ^{31} [26]

ŋ ：穿 ts^{h}ŋ^{33} 、轉 tŋ^{51} 、鋼 kŋ^{11} 、門 mŋ^{13} 、遠 hŋ^{31} 、飯 pŋ^{11}

ŋʔ ：物 mŋʔ^{55}、嗙 p^{h}ŋʔ^{31}（~~叫） 、嚶 ŋʔ^{31}（呼大便聲）

---

22 「糜」muãi^{13}：稀飯，早期大林蒲唸 be^{13}，現在幾乎已經不見。

23 「盹龜」tu$_{51}$ ku^{33}：打瞌睡。

24 「虼蚻」ka$_{33}$ tsuaʔ^{55}：蟑螂。

25 「澀吱拐」siap$_{55}$ ki$_{11}$ kuãiʔ^{55}：很澀的樣子。

26 「揤」hm̩ʔ^{31}：拿棍子用力打。

（四）韻母說明

1. 主要元音

a：/a/ 為低元音，介於標準元音 /a/、/ɑ/ 之間。

(1) 前接雙唇聲母及舌尖聲母時，舌位會略往前移；若與舌根聲母拼合，則舌位會稍往後移。

(2) 後接雙唇韻尾（/m/、/p/）、舌尖韻尾（/n/、/t/）時，舌位會往前。後接舌根韻尾（/k/、/ŋ/）時，舌位會向後。

(3) 前與介音 /i/ 拼合時，舌位會偏前；與 /u/ 拼合時則舌位會偏後。

ɔ：為半低後元音，舌位比 /o/ 低，圓唇、開口度也較大。

(1) 前與雙唇聲母、舌尖聲母拼合時，舌位往前移，圓唇、開口度較小。和舌根聲母拼合時，舌位略往後移，圓唇開口度大。

(2) 後與舌根韻尾拼合時，舌位會略往後移。

o：為半高後元音，比標準元音舌位略低、前，唇形稍撮圓，音值介於 /o/、/ə/ 間，但較近於 /o/。前接雙唇聲母及舌尖聲母時，舌位會往前移；若與舌根聲母拼合，則舌位會稍往後移。

e：為半高元音，前接雙唇聲母及舌尖聲母時，舌位會略高、前；若與舌根聲母拼合，則舌位會稍往後移。

i：為高前元音。

(1) 前接雙唇聲母及舌尖聲母時，舌位會往前移；若與舌根聲母拼合，則舌位會稍往後降。

(2) 後接雙唇韻尾（/m/、/p/）、舌尖韻尾（/n/、/t/）時，舌位會偏前；與舌根韻尾（/k/、/ŋ/）拼合時，舌位會略降，且會有過渡音 [ə] 出現，但是為了韻母格局的對稱性，故將其省略。

u：為高後元音。

(1) 前與雙唇聲母、舌尖聲母拼合時，舌位往前移；和舌根聲母拼合時，舌位往後移。

(2) 後與舌尖韻尾拼合時，舌位會略往後移。

2. 韻尾輔音

m̩：為自成音節的雙唇濁鼻音，只有 /h/、/ɸ/ 兩聲母可與之拼合。其發音過程，最後為將雙唇緊閉。

ŋ：為自成音節的舌根鼻音，除了 /b/、/l/、/dz/、/g/ 四個聲母外，/ŋ/ 可與其他聲母拼合。但是在與聲母拼合時，中間有一個過渡音 /ə/，本文將之略去不予標註。

ʔ：為不送氣之喉塞音，發音過程中只有成阻、持阻，沒有除阻發生，直接將氣流中斷。

/p/、/t/、/k/、/n/ 當輔音韻尾之情形，前面聲母說明處已解釋過，此處不再贅述。

大林蒲閩南話的韻母系統，從元音和韻尾的結合可知，每個元音的結合能力不盡相同，其中以 /a/、/i/ 和輔音韻尾的結合力最強，在與介音 /i/、/u/ 結合時，則只有 /a/ 可與兩者相結合，故 /a/ 元音的結合力又強於 /i/。

此韻母系統為以老代發音人為主，共八十八個韻母，若與其他年齡層的韻母系統做比較，則數量必有所差異。而同韻字的例字，在不同年齡層，數量也有異。

三、聲調系統

大林蒲閩南話的聲調系統，以本調計共有七個調值，因為陰去與陽去本調調值相同，即陰陽去不分；在變調方面則有異，可加以區分，故若以本變調合計，則是八個聲調系統。此外，「遮的」tsuai^{55}（這些）、「遐的」huai^{55}（那些）、「這」tse^{55}（這個）、「彼」he^{55}（那個）這四個常用詞的調類不在八聲調中，故筆者將其獨立為一聲調，稱為「超陰平」[27]，所以大林蒲閩南話的聲調系統有九個調值。

（一）基本調類

大林蒲的聲調比較複雜，如表 4-5 所列：（「>」之後表變調）

27 在普通腔中，「遮的」tsuai^{55}（這些、這裡）、「遐的」huai^{55}（那些、那裡）、「這」tse^{55}（這個）、「彼」he^{55}（那個）這四個詞是歸入陰平調，但是在大林蒲閩南話中，其調階卻已超出陰平調，不在八聲調中，而無法將其歸入調類，所以筆者將其獨立為「超陰平」。此外，在語意上其與普通腔也不同，「遮的」tsuai^{55}（這些），指近處的群體總稱；「遐的」huai^{55}（那些），指遠處的群體總稱。而「遮」tsia^{13} 專指「這裡」，說話者所處之地；「遐」hia^{13} 則專指「那裡」，非說話者所處之地。「這」tse^{55}（這個），指近處、指定之物；「彼」he^{55}（那個），指遠處、非指定之物。

表 4-5　大林蒲閩南話基本調類表

調類	陰平	陰上	陰去	陰入	喉陰入	陽平	**陽上**	陽去	陽入	喉陽入	**超陰平**
代碼	1	2	3	4	4	5	6	7	8	8	9
調值	33>33	51>33	11>51	31>55	31>51	13>11	**31>11**	11>11	55>11	55>11	55
例字	東 tɔŋ^{33}	董 tɔŋ^{51}	擋 tɔŋ^{11}	督 tɔk^{31}	甲 kaʔ^{31}	堂 tɔŋ^{13}	動 tɔŋ^{31}	洞 tɔŋ^{11}	毒 tɔk^{55}	獵 laʔ^{55}	遮的 tsuai^{55}
例詞	屏東 pin$_{11}$ tɔŋ^{33}	古董 kɔ$_{33}$ tɔŋ^{51}	阻擋 tsɔ$_{33}$ tɔŋ^{11}	監督 kam$_{51}$ tɔk^{31}	五甲 gɔ$_{11}$ kaʔ^{31}	親堂 ts^{h}in$_{33}$ tɔŋ^{13}	運動 un$_{11}$ tɔŋ^{31}	山洞 suã$_{33}$ tɔŋ^{11}	中毒 tiɔŋ$_{51}$ tɔk^{55}	打獵 p^{h}a$_{51}$ laʔ^{55}	遮的 tsuai^{55}

說明：

1. 陰平調是中平調，與紅毛港、鹿港相同，這與一般閩南話不同，為較突出之處。這一點和臺中的沙鹿、澎湖的望安、七美的青年層是一樣的。
2. 陰去調與陽去調本調相同為 /11/，事實上陰去調音節末端有下降趨勢，兩者差異極為細微，為了方便語料處理，統一記為 /11/。
3. 陰入調與陽上調本調調值相同，當陰入調的喉塞不明顯時，易誤判為陽上調。
4. 陽平調是低升調，通常是唸成 /13/，有時也會唸成 /24/，為了方便和其他語料做比較，統一記為 /13/。
5. 古濁上聲字（包括全濁上與次濁上）的調值，部分唸陽上，部分唸陽去（即濁上歸去），甚至出現陽上、陽去兩者混讀的情形，例如「簿」（p^{h}ɔ，數～）有 p^{h}ɔ^{11}、p^{h}ɔ^{31} 兩種唸法。古濁去聲字的調值，亦部分唸陽去，部分唸陽上（即濁去歸上），甚至亦如古濁上聲字一樣，出現兩讀的情形，例如「助」（tsɔ，幫～）有 tsɔ^{11}、tsɔ^{31} 兩種唸法。（其他例字詳見表 4-7）

6. 理論上，古濁上聲字應該歸陽上，古濁去聲字應該歸陽去，但事實上卻發生兩者相混的情形，顯然陽上與陽去正進行混同，未來兩者可能併為一類，往 /11/ 發展。其混亂之因有：

   (1) 普通腔中沒有陽上調，而大林蒲閩南話的陽上、陽去變調與普通腔的陽去變調又相同，促使兩調類相混情形更加嚴重。

   (2) 由於發音人本身對中古音不了解，而這兩個調類在語流中又不易分辨，所以發音人在最初接收該單字音時可能就已經發生混亂的情形，以致造成現在的音韻混亂情形。

表 4-6　古濁上聲字讀陽上、陽去或兩讀例字

調類	調值	例字					
讀陽上	31	陰上		淡（C.tã；鹹～）（R.tam）	斬（C.tsam）	想（C.sĩu）	短（R.tuan）
		陽上	全濁上 38 個	在（tsai，所～）	厚（R.hɔ；C.kau；hio，忠～）		重（C.taŋ）
				限（han；寬～）	後（C.au；R.hio）		項（haŋ）
				動（taŋ；R.tɔŋ）	待（tai，款～）		肚（C.tɔ）
				丈（C.tĩu；tŋ）	象（C.ts^{h}ĩu）	像（ts^{h}ĩu）	市（ts^{h}i）
				父（C.pe；hu）	近（kin）	范（huan）	上（C.tsĩu）
				戶（hɔ）	靜（tsiŋ）	罪（tsue）	件（kiã）
				坐（tse）	靖（tsiŋ）	婦（C.pu）	跪（kui）
				序（si，順～）	柱（C.t^{h}iau）	盪（tŋ）	鰾（pio）
				雉（t^{h}i）	后（hio）	舅（ku）	柿（k^{h}i）
				巳（tsi）	伴（C.p^{h}uã）	臼（C.ku）	下（he）
			次濁上 11 個	咬（C.ka）	五（C.gɔ）	午（gɔ）	兩（nŋ）
				耳（C.hi）	雨（C.hɔ）	有（C.u）	卵（C.nŋ）
				遠（C.hŋ）	癢（tsĩu）	蟻（hia）	

（續上頁表）

<table>
<tr><th>調類</th><th>調值</th><th colspan="3">例　字</th></tr>
<tr><td rowspan="5">讀陽上及陽去</td><td rowspan="5">31/11</td><td>陰上</td><td colspan="2">×</td></tr>
<tr><td rowspan="4">陽上
濁上</td><td rowspan="3">全濁上
14 個</td><td>弟（R.te，徒～；C.ti，好兄～）　簿（p^{h}ɔ，數～）</td></tr>
<tr><td>蕩（tɔŋ，放～）是（su，～非）抱（C.p^{h}o）　惰（tuã）
社（sia）　伴（p^{h}uan）　範（R.huan）　被（p^{h}ue）
杖（t^{h}ŋ）　道（to，公～）士（su，人～）倍（pue）</td></tr>
<tr></tr>
<tr><td>次濁上</td><td>老（C.lau）　耳（C.hĩ）</td></tr>
<tr><td rowspan="4">讀陽去</td><td rowspan="4">11</td><td>陰上</td><td colspan="2">己（C.ki，家～）　攢（tsĩ）　忖（ts^{h}un，～辦）</td></tr>
<tr><td rowspan="3">陽上
濁上</td><td>全濁上
45 個</td><td>罷（pa）　造（tso）　幸（hiŋ）
舵（tua；tai，～公）　禍（ho）　漸（tsiam）
在（tsai，實～）　苧（te）　踐（tsian）
婢（pi）　拒（ki）　辯（pian）
待（t^{h}ai；等～）　蟹（he，毛～）　善（sian）
鯉（le）　痔（ti）　鱔（sian）
亥（hai）　稻（tiu）　趙（C.tio）
杜（tɔ）　被（R.pi；R.p^{h}i）　重（R.tiɔŋ）
後（R.hɔ）　受（siu）　強（kiɔŋ）
笨（pun）　腎（sin）　序（su）
婦（R.hu）　臼（R.k^{h}iu）　匯（hui）
腐（C.hu）　甚（sim）　斷（R.tuan）
部（pɔ）　盡（tsin）　旱（huã）
滬（hɔ）　並（piŋ；p^{h}iŋ，比～）
犯（huan，人～）
奉（hɔŋ）　杏（hiŋ）　負（hu，～擔）</td></tr>
<tr><td>次濁上
8 個</td><td>悟（ŋɔ）　呂（li）　懶（nuã）　藕（ŋãu）
誤（gɔ）　網（C.baŋ）　累（lui）　下（R.ha）</td></tr>
<tr></tr>
</table>

表 4-7　古濁去聲字讀陽上、陽去或兩讀例字

<table>
<tr><td rowspan="7">讀陽上</td><td rowspan="7">31</td><td rowspan="3">陽去</td><td>全濁去
16 個</td><td>站（tsam）　巷（haŋ）　座（R.tso）　下（he）
會（C.e）　系（he）　治（ti，創～）　寺（si）
調（tiau，聲～）　淨（tsiŋ）　上（C.tsĩu）　掉（tiau）
塹（t^{h}iam，～海）　電（tian）　背（pue）　豉（sĩ）</td></tr>
<tr><td>次濁去
4 個</td><td>奈（nãi，無～）　硬（C.ŋẽ）　楝（liŋ，苦～）　夜（ia）</td></tr>
<tr><td></td><td></td></tr>
<tr><td>陰去</td><td colspan="2">傅（hu，師～）</td></tr>
<tr><td>陰平</td><td colspan="2">羝（ke）</td></tr>
<tr><td>陰入</td><td colspan="2">適（si，四～）　括（kua，泛～～）</td></tr>
<tr><td>陽平</td><td colspan="2">會（e）</td></tr>
<tr><td rowspan="3">讀陽上及陽去</td><td rowspan="3">31/11</td><td rowspan="2">陽去</td><td>全濁去
12 個</td><td>助（tsɔ）　弄（R.lɔŋ）　視（si，電～）　忌（ki）
妗（kim）　座（C.tse）　事（su，人～）　尚（sĩu）
具（k^{h}u）　段（C.tuã）　狀（C.tsŋ）　被（p^{h}ue）</td></tr>
<tr><td>次濁去
6 個</td><td>內（lai）　餓（go）　瓦（C.hia）
耀（iau）　艾（C.hiã）　暈（hun）</td></tr>
<tr><td>陰去</td><td colspan="2">虹（C.k^{h}iŋ）　輩（pue）</td></tr>
</table>

表 4-8　大林蒲閩南話陽上、陽去字數分配表

	陽上 31 > 11	陽去 11 > 11	陽上 / 陽去皆讀
全濁上	36	47	14
次濁上	11	7	2
全濁去	16	111	12
次濁去	4	105	6
次濁入	×	6	×
次濁平	×	7	×

（續上頁表）

	陽上 31 ＞ 11	陽去 11 ＞ 11	陽上 / 陽去皆讀
全濁上＋全濁去	2 （上 tsĩu、下 he）	×	2 （夏 ha，立～） （下 e，樓～）
次濁去＋次濁上	×	1（累 lui）	
陰上＋全濁去	×	×	1（斷 C.te）
陰　平	×	×	×
陰　上	4	4 （忖己泛，tsĩ）	×
陰　去	1	10	2 （虹 C.kʰiŋ）（輩 pue）
陰　入	2	1 （泄 tsʰua，～屎）	×
陽　平	1（會 e）	×	×
未分類	4 （臏、倖、苓、橇）	22	1 （頷 am，腫～）
總　計	88	321	40

表 4-9　相關閩南話調值對照表

調類	陰平	陰上	陰去	陰入	喉陰入	陽平	陽上	陽去	陽入	喉陽入
調類代碼	1	2	3	4	4	5	6	7	8	8
屏東	55 >33	51 >55	11 >51	3 >5	3 >51	13 >33		33 >11	5 >1	5 >11
鳳山	55 >33	51 >55	11 >51	3 >5	3 >51	13 >33		33 >11	5 >1	5 >11
前鎮	55 >33	51 >55	11 >51	3 >5	3 >51	13 >33		33 >11	5 >1	5 >11
旗津	55 >33	51 >33	11 >51	3 >5	3 >51	13 >**11**		33 >11	5 >1	5 >11
紅毛港	**33** >33	51 >**33**	11 >51	31 >55	31 >51	13 >**11**	31 >11	**11** >11	55 >11	55 >11
大林蒲	**33** >33	51 >**33**	11 >51	31 >55	31 >51	13 >**11**	31 >11	**11** >11	55 >11	55 >11
鹿港	**33** >33	51 >**35**	11 >55	3 >5	3 >51	13 >11	33 >11	31 >11	13 >1	13 >11
臺西	33 >33	51 >35	11>51	3>5	3>5	13 >11 33	33 > 11 33	11 > 11 33	13 > 1 3	13 > 1 3
沙鹿	55 >33	51 >**33**	11 >51	3 >5	3 >51	13 >11		33 >11	33 >1	33 >11

（二）連續變調

大林蒲閩南話的前字變調之特殊情形如下：

1. 陰上變調大部分人是變 /55/，但是大林蒲變 /33/，這一點和臺中的沙鹿和清水、澎湖的望安、七美的青年層是一樣的。因此造成以下的特殊情況：

   刀店 to_{33} $tiam^{11}$　= 倒店 to_{33} $tiam^{11}$

   分錢 pun_{33} $ts\tilde{\imath}^{13}$　= 本錢 pun_{33} $ts\tilde{\imath}^{13}$

   搔頭 so_{33} $t^{h}au^{13}$　= 鎖頭 so_{33} $t^{h}au^{13}$

   瓜子 kue_{33} tsi^{51}　= 果子 kue_{33} tsi^{51}

2. 陰去變調變 /51/，但是有些詞彙卻唸成 /33/，例如「警察」$ki\eta_{33}$ $ts^{h}at^{31}$、「戲弄」hi_{33} $la\eta^{11}$。

3. 帶 /-ʔ/ 的入聲，在變調後 /-ʔ/ 會消失，例如「石」$tsio\text{ʔ}^{55}$，變調後的例詞「石頭」$tsio_{11}$ $t^{h}au^{13}$，喉塞 /-ʔ/ 消失，與其他陽調類的變調相同。

表 4-10　大林蒲閩南話變調舉例表

	陰平 33	陰上 51	陰去 11	陰入 31	陽平 13	陽上 31	陽去 11	陽入 55
陰平 33 >33	新衫 sin_{33} $s\tilde{a}^{33}$	新米 sin_{33} bi^{51}	花菜 hue_{33} $ts^{h}ai^{11}$	烏色 $ɔ_{33}$ sik^{31}	新鞋 sin_{33} e^{13}	風雨 $hɔ\eta_{33}$ $hɔ^{31}$	烏豆 $ɔ_{33}$ tau^{11}	三十 $s\tilde{a}_{33}$ $tsap^{55}$
陰上 51>33	媠衫 sui_{33} $s\tilde{a}^{33}$	洗米 se_{33} bi^{51}	韭菜 ku_{33} $ts^{h}ai^{11}$	紫色 tsi_{33} sik^{31}	坦橫 $t^{h}an_{33}$ $h\tilde{u}i^{13}$	小雨 sio_{33} $hɔ^{31}$	米豆 bi_{33} tau^{11}	九十 kau_{33} $tsap^{55}$
陰去 11>51	菜心 $ts^{h}ai_{51}$ sim^{33}	喙賴 $ts^{h}ui_{51}$ $p^{h}ue^{51}$	芥菜 kua_{51} $ts^{h}ai^{11}$	退色 $t^{h}e_{51}$ sik^{31}	菜頭 $ts^{h}ai_{51}$ $t^{h}au^{13}$	細雨 se_{51} $hɔ^{31}$	菜豆 $ts^{h}ai_{51}$ tau^{11}	四十 si_{51} $tsap^{55}$

（續上頁表）

	陰平 33	陰上 51	陰去 11	陰入 31	陽平 13	陽上 31	陽去 11	陽入 55
陰入 p.t.k ʔ 31>55	熨 衫 ut$_{55}$ sã^{33}	竹 筍 tik$_{55}$ sun^{51}	福 氣 hɔk$_{55}$ k^{h}i^{11}	漆 色 ts^{h}at$_{55}$ sik^{31}	曲 盤 k^{h}ik$_{55}$ puã^{13}	沃 雨 ak$_{55}$ hɔ^{31}	捌 字 bat$_{55}$ dzi^{11}	出 力 ts^{h}ut$_{55}$ lat^{55}
	借 衫 tsio$_{51}$ sã^{33}	借 米 tsio$_{51}$ bi^{51}	借 厝 tsio$_{51}$ ts^{h}u^{11}	肉 色 ba$_{51}$ sik^{31}	歇 寒 hio$_{51}$ kuã^{13}	潑 雨 p^{h}ua$_{51}$ hɔ^{31}	肉 豆 ba$_{51}$ tau^{11}	八 十 pe$_{51}$ tsap^{55}
陽平 13>11	紅 衫 aŋ$_{11}$ sã^{33}	危 險 hui$_{11}$ hiam^{51}	紅 菜 aŋ$_{11}$ ts^{h}ai^{11}	紅 色 aŋ$_{11}$ sik^{31}	楊 桃 ĩu$_{11}$ to^{13}	淋 雨 lam$_{11}$ hɔ^{31}	塗 豆 t^{h}ɔ$_{11}$ tau^{11}	柴 屐 ts^{h}a$_{11}$ kiaʔ^{55}
陽上 31>11	雨 衫 hɔ$_{11}$ sã^{33}	有 米 u$_{11}$ bi^{51}	有 菜 u$_{11}$ ts^{h}ai^{11}	有 色 u$_{11}$ sik^{31}	雨 鞋 hɔ$_{11}$ e^{13}	有 雨 u$_{11}$ hɔ^{31}	有 字 u$_{11}$ dzi^{11}	五 十 gɔ$_{11}$ tsap^{55}
陽去 11>11	舊 衫 ku$_{11}$ sã^{33}	屚 鳥 lan$_{11}$ tsiau^{51}	豆 菜 tau$_{11}$ ts^{h}ai^{11}	面 色 bin$_{11}$ sik^{31}	豆 芽 tau$_{11}$ ge^{13}	大 雨 tua$_{11}$ hɔ^{31}	大字 tua$_{11}$ dzi^{11}	二 十 dzi$_{11}$ tsap^{55}
陽入 p.t.k ʔ 55>11	俗 衫 siɔk$_{11}$ sã^{33}	秫 米 tsut$_{11}$ bi^{51}	肉 桂 dziɔk$_{11}$ kui^{11}	綠 色 lik$_{11}$ sik^{31}	日 頭 dzit$_{11}$ t^{h}au^{13}	十 五 tsap$_{11}$ gɔ^{31}	綠 豆 lik$_{11}$ tau^{11}	六 十 lak$_{11}$ tsap^{55}
	食 薰 tsia$_{11}$ hun^{33}	食 飽 tsia$_{11}$ pa^{51}	白 菜 pe$_{11}$ ts^{h}ai^{11}	白 色 pe$_{11}$ sik^{31}	石 榴 sia$_{11}$ liu^{13}	落 雨 lo$_{11}$ hɔ^{31}	白 字 pe$_{11}$ dzi^{11}	曆 日 la$_{11}$ dzit^{55}

（三）調值說明

1. 陰平調：為中平調，調位定為 /33/，變調仍讀為 /33/ 調，故本變調沒有變化。其調值相當於一般閩南話的陽去調，鹿港、臺西的陰平調也是 /33/。此即造成大林蒲閩南語，腔調較普通腔重的原因之一，目前陰平調受普通腔的影響有高調化的趨勢，尤其在青少代發音人的語音表現中最為明顯。

2. 陰上調：為高降調，調位定為 /51/，連續變調時則變為中平調，記為 /33/，與陰平變調相同。其調值與旗津、沙鹿的陰上調相同，但與鹿港則有些微差異，不易察覺。

3. 陰去調：為低平調，調位定為 /11/，與陽去調的本調相同，但連續變調則變為高降調 /51/，此為判別陰去調與陽去調之依據。

4. 陰入調：單字調唸 /31/，為喉塞音，語尾下降的調，有時喉塞尾音 /-ʔ/ 不明顯或丟失時，易與陽上調相混。連續變調時，若是 /p、t、k/ 結尾，則變為高平喉塞音，其調值記為 /55/，若是喉陰入 /-ʔ/ 結尾，則變為高降調 /51/，此與一般閩南話的陰入調變調情形不同。

5. 陽平調：為一升調，調位定為 /13/，連續變調則為低平調 /11/。

6. 陽上調：為一中降調，調位定為 /31/，連續變調時為低平調 /11/。目前陽上調受到普通腔的影響，有逐漸弱化的趨勢，這種情況在青少代的語音狀況中表現最明顯。

7. 陽去調：為一低平調，調位定為 /11/，和陰去調調值相同，但是變調的走向不同，陰去變高降 /51/，陽去變低平 /11/，所以將陰去調和陽去調分為兩調位。

8. 陽入調：單字調唸 /55/，和一般閩南話的陽入調不太相同。帶 /-ʔ/ 的陽入調，有時候在語流當中，/-ʔ/ 並不明顯，聽起來很像普通腔的陰平調。連續變調時，則變為低平調，記為 /11/。

進行音調歸類時，陰入調與陽入調容易受其韻尾塞音的有無、強弱而造成誤判，所以必須將該字的變調行為一併納入考量，以防止錯誤的產生。

四、小結

大林蒲閩南話的語音系統，在聲母系統中，保留 /dz/ 聲母，即傳統十五音的「入」母字，這與其他的偏泉腔有很大的差異。但是「入」母字有逐漸往「柳」母字歸併的趨勢，即 /dz-/>/l-/。

在聲調系統方面，陽調類的變調，都讀低平調 /11/，陰調類的變調則各有所異，也因此可明確地分辨八個調類。

以整個語音系統看，聲調的差異是最明顯的（見表 4-12），以本調看，陽上調的有無、陰平、陽去的差異是最明顯的，若以變調看，則是陰上、陽平及陽入三者的差異最大，這也是造成當地人覺得「大林蒲人說話腔調較重」的主因，更是辨識當地人與外地人的依據之一。

調類	陰平	陰上	陰去	陰入	喉陰入	陽平	**陽上**	陽去	陽入	喉陽入
大林蒲閩南話	33>33	51>33	11>51	31>55	31>51	13>11	**31>11**	11>11	55>11	55>11
高雄普通腔	55>33	51>55	11>51	3>5	3>51	13>33		33>11	5>1	5>11

第二節　語音特點

一、音系特點

從《彙音妙悟》中的「居」、「科」、「雞」、「恩」、「關」、「青」、「箱」、「雙」、「飛」及「杯」等十個韻的例字探討大林蒲閩南話的音系特點。

(一)《彙音妙悟》中的「居」韻例字，大林蒲唸 /i/ 韻，但是「煮」tsu^{51}、「師」su^{33} 唸 /u/ 韻，例如：

字　目	豬	箸	鼠	魚	鋤	薯（蕃～）
大林蒲閩南話	ti^{33}	ti^{11}	ts^{h}i^{51} ts^{h}u^{51}	hi^{13}	ti^{13}	tsi^{13}

（二）《彙音妙悟》中的「科」韻例字，大林蒲唸 /ue、e/ 韻，例如：

字　目	火	粿	稅	月	過	吹
大林蒲閩南話	hue^{51}	kue^{51}	sue^{11}	gueʔ^{55}	kue^{11}	ts^{h}ue^{33}

字　目	飛	說	襪	課	袋	推
大林蒲閩南話	pue^{33}	sueʔ^{31}	bueʔ^{55}	k^{h}ue^{11}	te^{11}	t^{h}e^{33}

字　目	歲	妹	尾	皮	雪	退
大林蒲閩南話	sue^{11} hue^{11}	be^{11} muẽ^{11}	be^{51} bue^{51}	p^{h}ue^{13} p^{h}e^{13}	seʔ^{31}	t^{h}e^{11}

字　目	戴	未	螺	傴	短	箠
大林蒲閩南話	te^{11}	be^{11}	le^{13}	le^{51}	te^{51}	ts^{h}e^{13}

其中出現兩讀的例字，例如「妹」、「尾」、「皮」，表示該字正處於動搖之中，已經受到其他腔調的影響。

（三）《彙音妙悟》中的「雞」韻例字，大林蒲唸 /e/ 韻，但是「做」唸 /o/ 韻，例如：

字　目	雞	多	底	鞋	鑢	做
大林蒲閩南話	ke^{33}	tse^{11}	te^{51}	e^{13}	le^{31}	tso^{11}

（四）《彙音妙悟》中的「恩」韻例字，大林蒲唸 /in/ 韻；少部分唸 /un/，如「恩」un^{33}/in^{33}。

字　目	斤	芹	近	銀	勤	恩
大林蒲閩南話	kin^{33}	$k^{h}in^{13}$	kin^{31}	gin^{13}	$k^{h}in^{13}$	un^{33} in^{33}

（五）《彙音妙悟》中的「關」韻例字，大林蒲唸 /uan/ 或 /ũi/ 韻，但「梗」唸 /uãi/ 韻，例如：

字　目	關	縣	懸	慣	橫	梗
大林蒲閩南話	$kuan^{33}$ $ku\tilde{a}i^{33}$	$kuan^{11}$	$kuan^{13}$	$kuan^{11}$	$h\tilde{u}i^{13}$	$ku\tilde{a}i^{51}$

（六）《彙音妙悟》中的「青」韻例字，大林蒲唸 /ĩ/ 韻，例如：

字　目	青	暝	耳	鼻	邊	生
大林蒲閩南話	$ts^{h}\tilde{i}^{33}$	$m\tilde{i}^{13}$	hi^{31} $h\tilde{i}^{31}$ $h\tilde{i}^{11}$	$p^{h}\tilde{i}^{11}$	$p\tilde{i}^{33}$	$s\tilde{i}^{33}$

（七）《彙音妙悟》中的「箱」韻例字大林蒲唸 /ĩu/ 韻；如。

字　目	箱	薑	尚	唱	張
大林蒲閩南話	$s\tilde{i}u^{33}$	$k\tilde{i}u^{33}$	$s\tilde{i}u^{31}$ $s\tilde{i}u^{11}$	$ts^{h}\tilde{i}u^{11}$	$t\tilde{i}u^{33}$

（八）《彙音妙悟》中的「雙」韻例字，大林蒲大部分唸 /iŋ/ 韻；少部分唸 /ãi/ 韻，如「掌」。

字　目	反	爿（邊）	研（擀）	櫎（戶～）	間	指（中～）
大林蒲閩南話	piŋ^{51}	piŋ^{13}	giŋ^{51}	tiŋ^{31}	kiŋ^{33}	tsãi^{55}

（九）《彙音妙悟》中的「飛」韻例字，大林蒲唸 /ui，uiʔ/，但「拔」唸 /ueʔ/ 韻，例如：

字　目	血	危	拔
大林蒲閩南話	huiʔ^{31}	hui^{13}	pueʔ^{55}

（十）《彙音妙悟》中的「杯」韻例字，大林蒲唸 /e/ 韻，例如：

字　目	買	賣	畫	八
大林蒲閩南話	be^{51}	be^{11}	ue^{11}	peʔ^{31}

二、輕聲調

在語音連讀規則上，通常前字讀變調、輕音，後字讀變調、重音，但也會出現次序倒反的情形，即前字讀本調、重音，後字讀變調、輕音，此時後字通常被視為輕聲，這種輕讀的調，就稱為「輕聲調」（洪惟仁，1987：68）。

輕聲調又分為「固定調輕聲」及「隨前變調」兩大部分。在閩南語中常見的輕聲有加在人名後的詞尾「也」、加在形容詞後的詞尾「的」以及表示完成的詞尾「矣」等，各次方言的表現不盡相同，以下就大林蒲方言中的輕聲調進行說明。

（一）固定調輕聲

洪惟仁（1998：420）指出不受前字影響的輕聲調，其調值固定，本身的聲調輕化，且前字調為重讀主聲調本調，這就是「固定調輕聲」。大林蒲的固定調輕聲，在月份（年）的唸法上表現得最明顯，如下：

前字調	例　詞	前字本調 + 輕聲調
陰　平	三月 $sã^{33}$ •gue_{11}	33+11
陰　上	九月 kau^{51} •gue_{11}	51+11
陰　去	四月 si^{11} •gue_{11}	11+11
陰　入	七月 $ts^{h}it^{31}$ •gue_{11}	31+11
喉陰入	八月 $peʔ^{31}$ •gue_{11}	31+11
陽　平	前年 $tsun^{13}$ •$nĩ_{11}$	13+11
陽　上	五月 $gɔ^{31}$ •gue_{11}	31+11
陽　去	十二月 $tsap_{11}$ dzi^{11} •gue_{11}	11+11
陽　入	六月 lak^{55} •gue_{11}	55+11
喉陽入	×	

（二）隨前變調

當輕讀詞的調值，受前字調型的影響，而發生「聲調協調」現象時，即稱為「隨前變調」（洪惟仁，1998：428）。大林蒲方言在人名後加「也」詞尾、形容詞詞尾「的」及表示完成的語尾「矣」都唸成隨前變調。以下略舉數例就各詞尾的表現一一說明。

1.「也」詞尾

人名後加的詞尾「也」，大多為隨前變調，但是陽入調「阿達也」卻出現兩讀的情形，其輕聲調的變化也不同。

在喉塞音的隨前變調部分（包括「也」、「的」、「矣」詞尾），前字的喉塞會減弱，甚至消失，所以筆者將其標示為變調。陽平調的本調為 13，但是當其後加輕聲調，尾音往後移，造成前字的中降調變成低平調。所以筆者將其標示為變調。

前字調	例　詞	前字本調 +「也」
陰　平	阿珠也 a_{33} tsu^{33} •a_{33}	33+33
陰　上	阿狗也 a_{33} kau^{51} •a_{11}	51+11
陰　去	阿賜也 a_{33} su^{11} •a_{11}	11+11
陰　入	阿德也 a_{33} tik^{31} •ga_{11}	31+11
喉陰入	阿伯也 a_{33} pe_{31} •a_{11}	31+11
陽　平	阿蘭也 a_{33} lan_{11} •$nã_{33}$	13+33
陽　上	阿柱仔 a_{33} $t^{h}iau^{31}$ •a_{11}	31+11
陽　去	阿樹也 a_{33} $ts^{h}iu^{11}$ •a_{11}	11+11
陽　入	阿達也 a_{33} tat_{31} •la_{51} [28] （a_{33} tat_{55} •la_{55}）	33+51（55+55） 固定（隨前）
喉陽入	阿石也 a_{33} $tsio_{55}$ •a_{55}	55+55

28 人名後綴的「也」字尾，會因為音韻變化的不同，而產生音義的差異。「阿達也」這個詞出現「a_{33} tat_{33} ·la_{51}」及「a_{33} tat^{55} ·la_{55}」這兩種讀法。唸「a_{33} tat_{33} ·la_{51}」時，語氣帶點鄙視的意謂，通常寫成「阿達仔」；而唸成「a_{33} tat^{55} ·la_{55}」時，語氣則較為親膩的感覺，寫成「阿達也」。本文將其兩種唸法一併納入討論。

2.「的」詞尾

形容詞詞尾「的」，在輕聲調的表現，為無固定調，隨前字的調位而變化。

前字調	例　詞	前字本調 +「的」
陰　平	真的 tsin^{33} ·nẽ$_{33}$	33+33
陰　上	假的 ke^{51} ·e$_{11}$	51+11
陰　去	細的 se^{11} ·e$_{11}$	11+11
陰　入	金色的 kim$_{33}$ sik^{31} ·ge$_{11}$	31+11
喉陰入	鐵的 ti$_{31}$ ·e$_{11}$	31+11
陽　平	紅的 aŋ$_{11}$ ·ŋẽ$_{33}$	13+33
陽　上	重的 taŋ^{31} ·ŋẽ$_{11}$	31+11
陽　去	大的 tua^{11} ·e$_{11}$	11+11
陽　入	熟的 sik^{55} ·ge$_{55}$	55+55
喉陽入	薄的 po$_{55}$ ·e$_{55}$	55+55

3.「矣」詞尾

表示完成的詞尾「矣」，亦遵守隨前變調的規律，前字調維持本調，後字隨前字變化。

前字調	例　詞	前字本調 +「矣」
陰　平	輸矣 su^{33} ·a$_{33}$	33+33
陰　上	走矣 tsau^{51} ·a$_{11}$	51+11
陰　去	去矣 k^{h}i^{11} ·a$_{11}$	11+11

（續上頁表）

前字調	例　詞	前字本調 +「矣」
陰　入	捌矣 bat^{31} $\cdot la_{11}$	31+11
喉陰入	煞矣 sua_{31} $\cdot a_{11}$	31+11
陽　平	贏矣 $iã_{11}$ $\cdot ã_{33}$	13+33
陽　上	有矣 u^{31} $\cdot a_{11}$	31+11
陽　去	壞矣 hai^{11} $\cdot a_{11}$	11+11
陽　入	真俗矣 $tsin_{33}$ $siɔk^{55}$ $\cdot ga_{55}$	55+55
喉陽入	好額矣 ho_{33} gia_{55} $\cdot a_{55}$	55+55

三、連讀變化

當兩個字產生連讀時，常會前後相互影響，有時是前字影響後字，有時是後字影響前字，甚至產生合音的現象，以下分為「前字韻尾輔音變化」、「後字聲母變化」、「聲母受韻母影響而產生變化」及「合音詞」四大部分進行探討。

（一）前字韻尾輔音變化

當前字韻尾為舌尖音，與聲母為雙唇音或舌根音組成的後字連讀時，產生發音部位的同化現象[29]，即 /-n/ 受後字雙唇音 /p-/ 的影響變為 /-m/；/-n/ 受後字舌根音影響變為 /-ŋ/ 及 /-t/ 受後字雙唇音影響變為 /-p/。

29 「同化」（assimilation），主要為了使發音更省力、更方便，所以使鄰近的音發生音變，變得更像一些。通常是發音部位或發音方法的修正，也可能因此減少了具區別性的語音特徵。（鍾榮富，2003：90-93、何大安，2004：83-84）。

1. /-n/ 受後字雙唇聲母影響變為 /-m/

散步 $san_{51}\ pɔ^{11} > sam_{51}\ pɔ^{11}$

新婦 $sin_{33}\ pu^{31} > sim_{33}\ pu^{31}$

2. /-n/ 受後字舌根音聲母影響變為 /-ŋ/

身　軀 $sin_{33}\ k^{h}u^{33} > siŋ_{33}\ k^{h}u^{33}$

輕銀仔 $k^{h}in_{33}\ gin_{33}\ nã^{51} > k^{h}iŋ_{33}\ gin_{33}\ nã^{51}$

3. /-t/ 受後字雙唇音聲母影響變為 /-p/

虱揙 $sat_{55}\ pin^{11} > sap_{55}\ pin^{11}$

虱母 $sat_{55}\ bu^{51} > sap_{55}\ bu^{51}$

（二）後字聲母變化

後字為附加詞「仔 a^{51}」、「的 e_{11}」、「矣 a_{11}」時，因與前字緊密結合，受其韻尾影響，而使附加詞尾之聲母發生變化。以下以「仔 a^{51}」尾受前字影響的情況為例，逐項舉例說明：

1. 前字為陰聲韻，無子音韻尾或鼻化音時，「仔 a^{51}」未發生變化。

蝶仔	$ia_{33}\ a^{51}$	蝴蝶。
雞仔	$ke_{33}\ a^{51}$	雞。
鳥仔	$tsiau_{55}\ a^{51}$	鳥。
驢仔	$li_{33}\ a^{51}$	驢子。
兔仔	$t^{h}ɔ_{55}\ a^{51}$	兔子。
芋仔	$ɔ^{33}\ a^{51}$	芋頭。

2. 前字韻尾為入聲 /-p、-t、-k/ 時，「仔 a^{51}」音產生濁化 /b-、l-、g-/ 聲母。

盒仔	$ap_{31}\ a^{51} > ap_{31}\ ba^{51}$	盒子。
笸仔	$ip_{55}\ a^{51} > ip_{55}\ ba^{51}$	一種捕魚的器具。
桔仔	$kiat_{55}\ a^{51} > kiat_{55}\ la^{51}$	桔子。
菝仔	$puat_{31}\ a^{51} > puat_{31}\ la^{51}$	蕃石榴。
橐仔	$lɔk_{55}\ a^{51} > lɔk_{55}\ ga^{51}$	袋子。
竹仔	$tik_{55}\ a^{51} > tik_{55}\ ga^{51}$	竹子。

3. 前字韻尾為鼻音 /-m、-n、-ŋ/ 時，「仔 a^{51}」音產生 /m-、n-、ŋ-/ 聲母加 $ã^{51}$。

攕仔	$ts^hiam_{55}\ ã^{51} > ts^hiam_{55}\ mã^{51}$	叉子。
柑仔	$kam_{33}\ a^{51} > kam_{33}\ mã^{51}$	橘子。
秤仔	$ts^hin_{55}\ a^{51} > ts^hin\ nã^{51}$	桿秤。
棍仔	$kun_{55}\ a^{51} > kun_{55}\ nã^{51}$	棍子。
釘仔	$tiŋ_{33}\ a^{51} > tiŋ_{33}\ ŋã^{51}$	釘子。
鑽仔	$tsŋ_{55}\ ã^{51} > tsŋ_{55}\ ŋã^{51}$	鑽子。

4. 前字韻尾為鼻化韻尾，「仔 a^{51}」產生鼻化音。

樟仔	$tsĩu_{33}\ a^{51} > tsĩu_{33}\ ã^{51}$	樟樹。
鉎仔	$sĩ_{33}\ a^{51} > sĩ_{33}\ ã^{51}$	生鐵。
菁仔	$ts^hĩ_{33}\ a^{51} > ts^hĩ_{33}\ ã^{51}$	幼檳榔。
貓仔	$niãu_{33}\ a^{51} > niãu_{33}\ ã^{51}$	貓。
楹仔	$ĩ_{33}\ a^{51} > ĩ_{33}\ ã^{51}$	泛指柱子。
鼻仔	$p^hĩ_{33}\ a^{51} > p^hĩ_{33}\ ã^{51}$	鼻子。

5. 前字為喉塞入聲韻尾，加上「仔 a^{51}」尾，則喉塞入聲韻尾即消失。

石仔　$tsioʔ_{33}\ a^{51} > tsio_{33}\ a^{51}$　石子。

桌仔　$toʔ_{55}\ a^{51} > to_{55}\ a^{51}$　桌子。

屜仔　$t^{h}uaʔ_{55}\ a^{51} > t^{h}ua_{55}\ a^{51}$　抽屜。

麥仔　$beʔ_{33}\ a^{51} > be_{33}\ a^{51}$　小麥。

白鐵仔　$pe_{11}\ t^{h}iʔ_{55}\ a^{51} > pe_{11}\ t^{h}i_{55}\ a^{51}$　不銹鋼。

（三）聲母受韻母影響而產生變化

當舌根聲母 /g-/ 與 /-u/ 結合時，韻母的圓唇化同化到聲母，產生 /g-/ 變為 /b-/ 的狀況。例如：

春牛圖　$ts^{h}un_{11}\ gu_{11}\ tɔ^{13} > ts^{h}un_{11}\ bu_{11}\ tɔ^{13}$：「牛」在一般情況，讀為 /gu/；/bu/ 音只出現於此詞彙。

魏　$gui^{11} > bui^{11}$

頷　頣　$am_{11}\ gun^{51} > am_{11}\ bun^{51}$

（四）合音詞

連讀時常會使某些音節產生合併縮讀，這樣的語音現象，稱為「合音」（林連通，1993：58）或「縮讀」（楊秀芳，2000：147）。

啥物人　$siã_{11}\ mĩ_{33}\ laŋ^{13} > siaŋ^{13}$（$tiaŋ^{13}$）　誰。

自按呢　$tsu_{11}\ an_{55}\ nĩ^{33} > tsuan^{55}$　因此就…。

今仔日　$kin_{11}\ nã_{33}\ dzit^{55} > kiã_{13}\ dzit^{55}$　今天。

暝仔載　$mĩ_{11}\ ã_{33}\ tsai^{11} > mã_{13}\ tsai^{11}$　明天。

麥芽膏　$be_{11}\ ge_{11}\ ko^{33} > bio_{11}\ ko^{33}$　麥芽糖。

四十一　si$_{51}$ tsap$_{11}$ it^{31} > siap$_{55}$ it^{31}　四十一。

早起時　tsa$_{33}$ k^{h}i$_{51}$ si^{13} > tsai$_{13}$ si^{13}　早上。

拍毋見　p^{h}a$_{51}$ ṃ$_{11}$ kĩ^{11} > p^{h}aŋ$_{51}$ kĩ^{11}　搞丟了。

共人拍　ka$_{11}$ laŋ$_{11}$ p^{h}a^{31} > kaŋ$_{13}$ p^{h}a^{31}　打人。

予人招　hɔ$_{11}$ laŋ$_{11}$ tsio^{33} > hɔŋ$_{11}$ tsio^{33}　入贅。

昨昏　tsa$_{33}$ hŋ^{33} > tsaŋ$_{35}$ (tsaŋ$_{33}$)　昨天。

下昏時　e$_{33}$ hŋ$_{33}$ si^{13} > iŋ$_{33}$ si^{13}　晚上。

中央　tiɔŋ$_{33}$ ŋ^{33}>tiɔŋ$_{35}$　中央。

佗位　to$_{33}$ ui^{11} > tua^{31}　哪裏。

毋愛　ṃ$_{11}$ ai^{11} > mãi^{11}、buai^{31}　不要。

這陣　tsit$_{55}$ tsun^{11} > tsin^{51}　現在。

家己　ka$_{33}$ ti^{11} > kai^{31}　自己。

落下來　lak^{31} •lo$_{11}$ •lai$_{11}$ > lak^{31} •luai$_{11}$　掉下來。

走出來　tsau^{51} •ts^{h}ut$_{11}$ •lai$_{11}$ > tsau^{51} •ts^{h}uai$_{11}$　跑出來。

出來　ts^{h}ut^{31} •lai$_{11}$ > ts^{h}uai^{311}　出來。

褪起來　t^{h}ŋ^{11} •k^{h}i$_{11}$ •lai$_{11}$ > t^{h}ŋ^{11} •k^{h}ai$_{11}$　脫衣服的動作。

亞鉛線　a$_{33}$ ian$_{33}$ suã^{11} > an$_{11}$ suã^{11}　鉛線。

查某囝　tsa$_{33}$ bɔ$_{33}$ kiã^{51} > tsɔ$_{33}$ kiã^{51}　女兒。

　　　　tsa$_{33}$ bɔ$_{33}$ kiã^{51} > tsau$_{33}$ kiã^{51}

查某人　tsa$_{33}$ bo$_{33}$ laŋ^{13} > tsɔ$_{35}$ laŋ^{13}　妻子。

綜觀以上例詞，合音詞的音節變化，主要取前字聲母，或前字聲母及主要元音，再與後字韻母相結合。聲調上則是取前字調首及後字調尾以為結合。

第三節　特殊變調－「仔」前變調

閩南語小稱詞「仔」前變調，與一般的變調不同，大林蒲閩南話的「仔」尾變調亦如此。有關「仔」前變調的文獻紀錄，多偏重於「仔」尾詞（即「仔」字後綴）的變調或「仔」尾詞的構詞[30]，少有針對「□仔□」的音韻變化進行探討。張屏生（1996）於同安音系八個方言點的個別簡介中，針對「仔」字變調做詳實的探討，其中包括「□仔」變調及「□仔□」變調，進而將「仔尾詞」的變調及音變作比較。本篇論文對仔尾詞的變調研究，突破過去只鎖定於「□仔」變調的範圍，拓展到「□仔□」變調的領域。此外，楊秀芳（2000：141-142）曾簡短地提到臺北地區「仔」字中綴的音韻變化。

本節將針對大林蒲閩南話的「仔」前變調，包括「□仔」及「□仔□」的音韻變化進行探討。在探討「□仔□」中，除了探討一般常見的「名詞後加小稱詞」，更深入「副詞組後加小稱詞」及「形容詞組後加小稱詞」，期能將「仔」字變調的現象，作一完整的分析。

一、「□仔」變調

由表 4-11 可知，大林蒲閩南話將「仔」唸成陰上調 /51/（即高降調）；「仔」字前的聲調，有中平調 /33/ 或高平調 /55/；陽調類一律讀成陰平調 /33/（即中平調），這與普通腔的「仔」尾詞變調相同。

---

30 盧廣誠（1999：25-27）主要探討「a2 仔」的詞意、詞形及詞性變化，但未述及「仔」字」變調部分。連金發（1998）針對「仔前字」變調進行探討，主要以「□仔」為探討對象。

表 4-11　大林蒲「仔」尾變調表

調類	陰平	陰上	陰去	陰入	喉陰入	陽平	陽上	陽去	陽入	喉陽入
調類代碼	1	2	3	4	4	5	6	7	8	8
調值	33+51	55+51	55+51	55+51	55+51	33+51	33+51	33+51	33+51	33+51
調型	中平 + 高降	高平 + 高降	高平 + 高降	高平 + 高降	高平 + 高降	中平 + 高降	中平 + 高降	中平 + 高降	中平 + 高降	中平 + 高降
例詞	沙 仔 $sua_{33}\ a^{51}$	椅仔 $i_{55}\ a^{51}$	鋸仔 $ki_{55}\ a^{51}$	帖仔 $t^{h}iap_{55}\ ba^{51}$	鴨仔 $a_{55}\ a^{51}$	桃仔 $t^{h}o_{33}\ a^{51}$	市仔 $ts^{h}i_{33}\ a^{51}$	袋仔 $te_{33}\ a^{51}$	賊仔 $ts^{h}at_{33}\ la^{51}$	藥 仔 $io_{33}\ a^{51}$

二、「□仔□」

大林蒲地區的「□仔□」，在詞根及「仔」字的變調上有其特殊之處，以下分成名詞詞組及副詞詞組分別說明之：（在聲調變化中，A > B > C 表示「『仔』前字本調 > 原變調 > 『仔』前變調」）

（一）名詞詞組：名詞 + 仔 + 名詞

「□仔□」所組成的名詞詞組，「仔」的調值有兩種型式，一為 /33/ 調，另一為 /55/ 調。「仔」字為 /33/ 調時，其前字詞根會再變調為 /11/；而 /55/ 調的「仔」字，前字詞根則變為 /55/，且僅有陰去和陰入兩者會變為此型式。

1. $□_{11}+a_{33}+□$

仔前字	聲調變化	例　詞	例詞變化情形
陰平	33>33>11	番仔火	$huan_{33}\ nã_{33}\ hue^{51} > huan_{11}\ nã_{33}\ hue^{51}$
陰上	51>33>11	囡仔人	$gin_{33}\ nã_{33}\ laŋ^{13} > gin_{11}\ nã_{33}\ laŋ^{13}$

（續上頁表）

仔前字	聲調變化	例　詞	例詞變化情形
陽平	13>11>11	鵝仔菜	gia$_{11}$ a$_{33}$ ts^{h}ai^{11} > gia$_{11}$ a$_{33}$ ts^{h}ai^{11}
陽上	31>11>11	新婦仔育	sim$_{33}$ pu$_{11}$ a$_{33}$ io^{33} > sim$_{33}$ pu$_{11}$ a$_{33}$ io^{33}
陽去	11>11>11	墓仔埔	bɔŋ$_{11}$ ŋã$_{33}$ po^{33} > bɔŋ$_{11}$ ŋã$_{33}$ po^{33}
陽入	55>11>11	賊仔市	ts^{h}at$_{11}$ la$_{33}$ ts^{h}i^{31} > ts^{h}at$_{11}$ la$_{33}$ ts^{h}i^{31}

2. □$_{55}$+a$_{55}$+□

仔前字	聲調變化	例　詞	例詞變化情形
陰去	11>51>55	蒜仔花	suan$_{51}$ nã$_{55}$ hue^{33} > suan$_{55}$ nã$_{55}$ hue^{33}
		甕仔菝	aŋ$_{51}$ ŋã$_{55}$ puat^{55} > aŋ$_{55}$ ŋã$_{55}$ puat^{55}
陰入	31>55>55	菊仔花	kiɔk$_{55}$ ga$_{55}$ hue^{33} > kiɔk$_{55}$ ga$_{55}$ hue^{33}
喉陰入	31>51>55	鴨仔囝	a$_{51}$ a$_{55}$ kiã^{33} > a$_{55}$ a$_{55}$ kiã^{33}

3. 例外：陰上調普遍呈現□$_{11}$+a$_{33}$+□的型式，但以下這些詞彙卻出現□$_{55}$+a$_{55}$+□，違反以上的規律，顯然這些詞彙可能為外來語，非大林蒲本地之詞彙，或已受普通腔的影響，而產生音變。

陰上	鳥仔料	tsiau$_{55}$ a$_{55}$ liau^{11}
	草仔粿	ts^{h}au$_{55}$ a$_{55}$ kue^{51}
	擔仔麵	tã$_{55}$ ã$_{55}$ mĩ^{11}
	午仔魚	ŋɔ̃$_{55}$ ŋã$_{55}$ hi^{13}
	仿仔雞	hɔŋ$_{55}$ ŋã$_{55}$ ke^{33}
	茉莉仔花	bɔk$_{11}$ nĩ$_{55}$ ã$_{55}$ hue^{33}
	雜種仔囝	tsap$_{11}$ tsiŋ$_{55}$ ŋã$_{55}$ kiã^{51}

4. 以下這些詞彙在調查時，發音人將其唸為「$□_{33}+a_{55}+□$」的型式；筆者再次向發音人確認時，發音人表示「$□_{33}+a_{55}+□$」是普通腔的唸法，大林蒲地區都唸為「$□_{11}+a_{33}+□$」的型式。如果唸為「$□_{11}+a_{33}+□$」，則符合前面的規律性，所以由這些例詞可知，它們正處於音變中，已出現鬆動的現象。

仔前字	例　詞		
陰上	貓仔間	$niãu_{33}\ ã_{55}\ kiŋ^{33}$	特種行業場所。
	雞仔目	$ke_{33}\ a_{55}\ bak^{55}$	鬥雞眼。
陽平	蚵仔煎	$o_{33}\ a_{55}\ tsian^{55}$	小吃之一。
陽去	會仔錢	$hue_{33}\ a_{55}\ tsĩ^{13}$	互助會會錢。
陽入	麥仔酒	$be_{33}\ a_{55}\ tsiu^{51}$	啤酒。

（二）副詞組「□仔□」：副詞＋仔＋動詞

副詞組「□仔□」變調情形與名詞組的「□仔□」相同，皆有「$□_{11}+a_{33}+□$」及「$□_{55}+a_{55}+□$」兩種形式，以下就「仔」前字各調類舉例說明。

1. $□_{11}+a_{33}+□$

前字調	聲調變化	例　詞	
陰平	33>33>11	$k^hin_{33}\ k^hin_{11}\ nã_{33}\ t^he^{55}$	輕輕仔提
陰上	51>33>11	$tsio_{33}\ tsio_{11}\ a_{33}\ k^hiŋ^{13}$	少少仔揹
陽平	13>11>11	$liau_{11}\ liau_{11}\ a_{33}\ kiã^{13}$	聊聊仔行
陽上	31>11>11	$tiam_{11}\ tiam_{11}\ mã_{33}\ kɔŋ^{51}$	恬恬仔講
陽去	11>11>11	$sun_{11}\ sun_{11}\ nã_{33}\ kiã^{13}$	順順仔行
陽入	55>11>11	$tau_{11}\ tau_{11}\ a_{33}\ kiã^{13}$	沓沓仔行

2. □$_{55}$+a$_{55}$+□

前字調	聲調變化	例　詞	
陰去	11>51>55	am$_{55}$ am$_{55}$ mã$_{55}$ tso^{11}	暗暗仔做
陰入	31>55>55	ɔk$_{55}$ ɔk$_{55}$ ga$_{55}$ kɔŋ^{51}	惡惡仔講

（三）形容詞組「□仔□」

形容詞組「□仔□」分成「形容詞 + 仔 + 名詞」及「形容詞組 + 仔 + 形容詞組」兩種形式分別進行探討。

1. 形容詞 + 仔 + 名詞

(1) □$_{11}$+a$_{33}$+□

前字調	聲調變化	例　詞		
陰平	33>11>11	kui$_{33}$ kaŋ$_{11}$ ŋã$_{11}$	幾工仔	幾天。
陰上	51>33>11	sio$_{33}$ k^{h}ua$_{11}$ a$_{33}$ tsĩ^{13}	小可仔錢	一點點錢。
陽平	13>11>11	mŋ$_{33}$ mŋ$_{11}$ ŋã$_{33}$ hɔ^{31}	毛毛仔雨	毛毛雨。
陽上				
陽去	11>11>55*	tsit$_{11}$ e$_{55}$ a$_{55}$ kaŋ^{33}	一下仔工	一下子時間。
陽入	55>11>11	tam$_{11}$ po$_{11}$ a$_{33}$ tsĩ^{13}	淡薄仔錢	一點點兒錢。

*「一下仔工」一詞呈現「□$_{55}$+a$_{55}$+□」的形式，與「□$_{11}$+a$_{33}$+□」不同，表示該詞彙已受普通腔影響，產生音變。

(2) □$_{55}$+a$_{55}$+□

前字調	聲調變化	例詞		
陰去	11>51>55	tsit$_{11}$ aŋ$_{55}$ ŋã$_{55}$ tsiu^{51}	一甕仔酒	一甕酒。
陰入	31>55>55	tsit$_{11}$ sut$_{55}$ la$_{55}$ tsiu^{51}	一屑仔酒	一丁點兒酒。

2. 形容詞組 + 仔 + 形容詞組

(1) □$_{11}$+a$_{33}$+□

前字調	聲調變化	例詞	
陰平	33>11>11	k^{h}in$_{33}$ saŋ$_{11}$ ŋã$_{33}$ k^{h}in$_{33}$ saŋ^{33}	輕鬆仔輕鬆
陰上	51>33>55* 51>33>11	sŋ$_{33}$ nŋ$_{55}$ ŋã$_{55}$ sŋ$_{33}$ nŋ^{51} sŋ$_{33}$ nŋ$_{11}$ ŋã$_{33}$ sŋ$_{33}$ nŋ^{51}	酸軟仔酸軟
陽平	13>11>11	niãu$_{33}$ sin$_{11}$ nã$_{33}$ niãu$_{33}$ sin^{13}	貓神仔貓神
陽上	31>11>11 31>11>55*	tim$_{11}$ taŋ$_{11}$ ŋã$_{33}$ tim$_{11}$ taŋ^{31} tim$_{11}$ taŋ$_{55}$ ŋã$_{55}$ tim$_{11}$ taŋ^{31}	沉重仔沉重
陽去	11>11>11	p^{h}ãi$_{33}$ miã$_{11}$ ã$_{33}$ p^{h}ãi$_{33}$ miã^{11}	歹命仔歹命
陽入	55>11>11	gɔŋ$_{11}$ tit$_{11}$ la$_{33}$ gɔŋ$_{11}$ tit^{55}	憨直仔憨直

* 其中「酸軟仔酸軟」及「沉重仔沉重」這兩個詞出現兩讀，且都是呈現「□$_{11}$+a$_{33}$+□」及「□$_{55}$+a$_{55}$+□」的形式，這就表示這兩個詞彙已經開始出現鬆動的情況，逐漸產生音變。

(2) □$_{55}$+a$_{55}$+□

前字調	聲調變化	例詞	
陰去	11>51>55	ts^{h}ĩ$_{33}$ ts^{h}ui$_{55}$ a$_{55}$ ts^{h}ĩ$_{33}$ ts^{h}ui^{11}	青翠仔青翠
陰入	31>11>55	lɔk$_{11}$ p^{h}ik$_{55}$ ga$_{55}$ lɔk$_{11}$ p^{h}ik^{31}	落魄仔落魄

陰去調與陰入調的變調模式與其他「仔」字中綴的變調相同，皆變為 /55/。

三、小結

大林蒲閩南話的小稱詞「仔」尾變調，在「□仔」後綴的部分，其變調方式與一般的次方言「仔」字變調一樣，「仔」字都讀成 /51/，其前字詞的變調可歸納為兩種規則：

R1. 陰平調、陽調類後加小稱「仔」尾時，其調值統一變為 33+51。

R2. 陰上調、陰去調、陰入調、喉陰入後加小稱「仔」尾時，其調值則一律變為 55+51。

小稱詞「□仔□」變調，筆者將其分為「名詞組□仔□」、「副詞組□仔□」及「形容詞組□仔□」三大部分探討，並歸納出以下規則：

R1.「仔」前字為名詞組、副詞組及形容詞組時，其「仔」字及仔前字變調皆具一致的規則性。但其中仍有少許的例外，以下再另行說明。

R2. 陰平調、陰上調及陽調類在「□仔□」中，皆呈現$□_{11}+a_{33}+□$的音調型式。

R3. 陰去調及陰入調則呈現$□_{55}+a_{55}+□$的音韻型式。

在「名詞組□仔□」中，陰上調部分詞彙出現$□_{55}+a_{55}+□$的變調型式，不符合規則，這些詞組可能為外來語，或受普通腔影響的詞彙，例如「茉莉仔花」$bɔk_{11}$ $nĩ_{55}$ $ã_{55}$ hue^{33}。此外筆者也發現一些正處於音變當中的詞，它們會出現兩讀的情形，例如「蚵仔煎」有人讀作

o_{33} a_{55} $tsian^{55}$，也有人讀作 o_{11} a_{33} $tsian^{33}$，顯然這個詞彙已經產生音韻動搖。

此外在「形容詞組□仔□」，同樣發現音調動搖的情況，例如陰上調的「酸軟仔酸軟」有 $s\eta_{33}$ $n\eta_{55}$ $\eta\tilde{a}_{55}$ $s\eta_{33}$ $n\eta^{51}$ 與 $s\eta_{33}$ $n\eta_{11}$ $\eta\tilde{a}_{33}$ $s\eta_{33}$ $n\eta^{51}$ 的讀音，及陽上調的「沉重仔沉重」有 tim_{11} $ta\eta_{11}$ $\eta\tilde{a}_{33}$ tim_{11} $ta\eta^{31}$ 與 tim_{11} $ta\eta_{55}$ $\eta\tilde{a}_{55}$ tim_{11} $ta\eta^{31}$ 的讀音，這些都是表示音調動搖的實證。

大林蒲閩南話的「□仔□」，與一般的「□仔□」變調不同，為另一獨具特色的音調表現。

第五章　大林蒲閩南話和其他相關次方言的語音比較

本章節主要探討大林蒲閩南話（偏泉腔）與紅毛港（偏泉腔）、旗津（偏泉腔）、哈瑪星（普通腔）及前鎮（普通腔）地區，五個相關次方言[1]的語音比較。

選擇這五個方言點以為比對，主要考量點為地緣性。洪惟仁教授曾當面提及，語言研究必須將鄰近區域一同列入比較，不可侷限於單一區域。故選擇大林蒲鄰近區域之方言點以為比較。

第一節　聲母比較

一、聲母數比較

在高雄市前鎮閩南話、旗津閩南話、哈瑪星閩南話、紅毛港閩南話與大林蒲閩南話皆為十五個聲母（不包含 m、n、ŋ）。尤其這三個偏泉腔的區域，聲母 dz- 皆未消失，與其他靠海邊的偏泉腔，像鹿港、臺西、金門等不同。

表 5-1　高雄其他相關次方言的聲母比較表

	1	2	3	4	5	6	7	8	9	10	11	12	13	14	15	合計
高　雄 普通腔	p	p^h	b	t	t^h	l	ts	ts^h	s	dz	k	k^h	g	h	ϕ	15
哈瑪星 普通腔	p	p^h	b	t	t^h	l	ts	ts^h	s	dz	k	k^h	g	h	ϕ	15
旗　津 偏泉腔	p	p^h	b	t	t^h	l	ts	ts^h	s	dz	k	k^h	g	h	ϕ	15
紅毛港 偏泉腔	p	p^h	b	t	t^h	l	ts	ts^h	s	dz	k	k^h	g	h	ϕ	15
大林蒲 偏泉腔	p	p^h	b	t	t^h	l	ts	ts^h	s	dz	k	k^h	g	h	ϕ	15

1　本章節之相關次方言資料，承蒙張屏生師惠予提供其辛苦調查之語料，謹此銘謝。

二、聲母變讀

（一）dz- 唸成 g-

張屏生（2003b）指出高雄市閩南話，dz- 聲母和以 i 起頭的韻母相拼合時，有部分人的 dz- 會變成 g-；如「寫字」sia_{55} gi^{33}。前鎮、旗津、哈瑪星、紅毛港及大林蒲閩南話皆未發生類似的變化，仍維持 dz- 的讀音，唸成「寫字」sia_{33} dzi^{11}。

但是大林蒲閩南話在「杏仁」一詞，卻出現了 $hiŋ_{11}$ gin^{13} 的音讀，成為唯一聲母與 i 韻母相拼時 dz- 變成 g- 的例詞。

（二）tsʰ-、s- 變讀

1.「起清凹」（蕁麻疹）有的地區唸 k^hi_{55} ts^hin_{51} $nã^{11}$，大林蒲地區唸 k^hi_{33} sin_{51} $nãʔ^{31}$，/tsʰ-/ 唸成 /s-/ 有「出歸時」的音變趨勢，但這樣的音變現象非全面性，所以無法將其作一系統性分析。

2.「仙草」（仙草凍）一詞，一般閩南話唸為 $sian_{33}$ ts^hau^{51}，大林蒲地區唸 ts^hian_{33} ts^hau^{51}，紅毛港閩南話唸 ts^hin_{33} ts^hau^{51}。「仙」字發生 /s-/ 唸成 /tsʰ-/ 的情形。

三、特殊音變

（一）送氣與不送氣變讀

1. p-、pʰ- 變讀

「磅空」一詞，在一般閩南話及紅毛港閩南話皆唸成不送氣的 p-，（$pɔŋ_{33}$ $k^haŋ^{55}$、$poŋ_{11}$ $k^haŋ^{33}$ ），但是大林蒲閩南話唸為送氣音 pʰ-。

2. ts-、tsʰ- 變讀

「帚」字，一般閩南話唸為「掃帚」sau_{51} $ts^{h}iu^{51}$，為送氣音，但是在大林蒲及紅毛港閩南話則將其唸為不送氣音 ts-，且韻母出現鼻化現象，唸作「掃帚」sau_{51} $ts\tilde{i}u^{51}$。

3. k-、k^{h}- 變讀

一般閩南話及哈瑪星閩南話，將「迦」字唸成送氣音 $k^{h}ia^{55}$，但是大林蒲、旗津及紅毛港閩南話，除了將聲母唸成不送氣的 k-，後接韻母也由非鼻化韻 ia 變成鼻化韻 iã。所以「釋迦」唸成 sik_{55} $ki\tilde{a}^{33}$。

4. t-、t^{h}- 變讀

「塗蚓仔」（蚯蚓）一詞，一般閩南話唸為「杜蚓仔」$tɔ_{11}$ kun_{55} $n\tilde{a}^{51}$，「杜」字為不送氣音 t-，但是大林蒲、紅毛港及旗津閩南話則唸為送氣音「塗蚓仔」$t^{h}ɔ_{11}$ kun_{55} $n\tilde{a}^{51}$（$t^{h}o_{11}$ kun_{55} $n\tilde{a}^{51}$）[2]。

（二）清濁變讀：p-、b- 變讀

1.「褪腹體」（打赤膊）一詞中的「腹」字，一般閩南話與紅毛港閩南話皆唸成清音 p-，但是大林蒲閩南話唸為 $t^{h}ŋ_{51}$ bat_{55} $t^{h}eʔ^{31}$，聲母濁化為 b-。

2.「鼢地鼠」（地鼠）一詞，一般閩南話唸為 bun_{51} te_{11} $ts^{h}i^{51}$，「鼢」字唸濁音 b-，但是大林蒲閩南話唸為 pun_{51} te_{11} $ts^{h}i^{51}$，聲母清化為 p-。

2 「塗蚓仔」大林蒲閩南話記作 $t^{h}ɔ_{11}$ kun_{55} $n\tilde{a}^{51}$，紅毛港閩南話記作 $t^{h}o_{11}$ kun_{55} $n\tilde{a}^{51}$，主要是因為大林蒲閩南話十五音的「高」韻 ɔ/o 有分，紅毛港閩南話則是 ɔ/o 不分所致，此部分將於本章第二節「韻母比較」中進行探討。

（三）ϕ-、l-

「蟢螂仔」（壁虎）一詞，在各地方言中，「螂」字有多種不同的音讀，如 $laŋ^{13}$、$t^haŋ^{13}$、$aŋ^{13}$。高雄市閩南語唸成「蟢螂」sin_{33} $laŋ^{13}$，大林蒲地區則唸成「蟢螂仔」$sian_{11}$ $aŋ_{33}$ $ŋã^{51}$，與臺北及草屯偏泉腔音讀相同。林珠彩（1995：209）將這樣的音變現象，解釋為 l- 的弱化使其變讀為 ϕ-。但目前「螂」字仍未確定其是否為本字，故本文不論其字之源本，以字音之變異為探討之要。

（四）k-、b- 變讀

「頷頣」（脖子）一詞，在高雄市閩南話讀為 am_{11} kun^{51}，但是紅毛港及大林蒲閩南話則將其讀為 bun^{51}，這種音變情形在麥寮亦曾被記錄。林郁靜（2002a：276）指出 /k-/ 變讀為 /b-/ 可能是受 u 圓唇的影響，韻母圓唇化同化到聲母。

（五）g-、b- 變讀

1.「魏」字，一般閩南話讀為 gui^{33}，但是大林蒲、紅毛港閩南話，讀為雙唇音 bui^{11}。

2.「牛」字，一般閩南話讀為 gu^{13}，大林蒲閩南話亦多讀為 gu^{13}，唯獨在「春牛圖」一詞中，讀為 ts^hun_{33} bu_{11} $tɔ^{13}$。這種音變現象或許可視為音變與「詞彙擴散」[3] 的結果，「牛」字原本唸為 bu^{13}，逐漸產生音變唸為 gu^{13}。

---

3 「詞彙擴散」是一種突然由一個音變為另一個音，進而擴及包含此一音類的詞彙。但這種變化不是立刻就擴及到所有的這個音類上，而是逐漸地擴散出去。（張屏生，1996：224；洪惟仁，2003：18；何大安，2004：99-102）

3. 這種 /g-/、/b-/ 音變現象，與 /k-/、/b-/ 變讀一樣，皆因為受 u 圓唇的影響，將韻母圓唇化同化到聲母。「牛」唸為 bu^{13}，在臺西、大牛欄與麥寮都有這樣的音變現象[4]。

（六）l-、n- 變讀

聲母 l- 與 n- 為互補音位，當氣流多由口腔流出，則讀為 l-；氣流多由鼻腔流出，則讀為帶鼻音的 n-。因此 l- 與 n- 常會發生音讀互異的現象。

1. 一般閩南話將「梨仔」（梨子）讀作 lai5 a2、「王梨」（鳳梨）讀作 ɔŋ5 lai5，但是大林蒲及紅毛港閩南話則唸成「梨仔」nãi_{33} ã^{51}、「王梨」ɔŋ_{11} nãi^{13}。

2. 「荔」字，《臺灣閩南語辭典》記有 lai7、nãi7 兩種音讀，指「荔枝」時記作 lai7 tsi1。一般閩南話將「荔枝」讀作 lai_{11} tsi^{55}，但是在大林蒲及紅毛港閩南話，唸為「荔枝」nãi_{11} tsi^{33}。

3. 「尼姑」一般閩南話唸 nĩ_{33} kɔ^{55}，大林蒲及紅毛港閩南話則唸成 li_{11} kɔ^{33}（ko^{33}）。

（七）m-、ŋ- 變讀

「蜈蜞」（水蛭），一般閩南話唸 mɔ̃_{33} $\text{k}^{\text{h}}\text{i}^{13}$，大林蒲及紅毛港閩南話唸成 ŋũ_{11}（ŋõ_{11}）$\text{k}^{\text{h}}\text{i}^{13}$，此外部分地區收錄有 gɔ5 k^{h}i5 [5] 的唸法。由於聲

4　臺西、大牛欄的記錄，詳見張屏生（2006：102）；麥寮的紀錄，詳見林郁靜（2002a：276）。

5　收錄「蜈蜞」gɔ5 k^{h}i5 這個音讀的有，董忠司（2001：347）、林連通（1993：217）及林連通、陳章太（1989：146）。

母 g-、ŋ- 為互補音位，筆者認為 ŋɔ̃ 這個音讀的變化過程，應該是源自 gɔ5，最後變讀為一般閩南話的 mɔ̃。其音變過程如下：

「蜈」（~蜞）gɔ> ŋɔ̃> mɔ̃

第二節　韻母比較

臺灣閩南語各次方言的差異，表現最明顯之處就是韻母。透過元音系統及韻母字類的對應，將各次方言的語音特色顯現出來。以下分為韻母元音系統、韻母字類比較及特殊音讀字例三部分進行探討，並採表列對照的方式，逐項進行說明。

一、元音系統

（一）主要元音數目比較

一般閩南話的主要元音有 /a、ɔ、ə、u、e、i/ 六個，旗津及大林蒲閩南話的主要元音，有 /a、ɔ、o、u、e、i/ 六個，而哈瑪星及紅毛港有 /a、o、u、e、i/ 五個。

前　鎮	a	ɔ	ə	u	e	i
哈瑪星	a	×	o	u	e	i
旗　津	a	ɔ	o	u	e	i
紅毛港	a	×	o	u	e	i
大林蒲	a	ɔ	o	u	e	i

（二）元音結構的差異

1. 屬於 A 型，六個元音的有：大林蒲和旗津。
2. 屬於 B 型，五個元音的有：哈瑪星和紅毛港。
3. 屬於 C 型，六個元音的有：高雄普通腔。
4. 普通腔的央元音 /ə/，為 /o/ 的展唇化，基於音標的使用考量，將其記為 /o/。
5. /ɔ/、/o/ 不分，紅毛港及哈瑪星最普遍，目前仍普遍存在於老年層。/o/ 的音值接近標準元音 [Ω]，基於音標使用考量，將其記為 /o/。在紅毛港地區，為避免「蚵仔」與「芋仔」混淆，所以「芋」字尾不加「仔」，單說「芋」o^{11} 一個字。但是在青年層則逐漸出現 ɔ、o 有分的現象，主要是外出接觸普通腔而受其影響所致。

二、韻母字類的比較

（一）字類的韻母比較

1.《彙音妙悟》中的「高」韻韻母比較

從以下例字可知，高雄普通腔及大林蒲閩南話的「高」韻是 ɔ/o 有分，而哈瑪星與紅毛港閩南話是 ɔ/o 不分的。其中較特別的是旗津地區的「芋」出現兩讀情形，該發音人是 ɔ/o 不分，但在旗津地區普遍存在的是 ɔ/o 有分的現象。

字　目	高　雄 普通腔	哈瑪星 普通腔	旗　津 偏泉腔	紅毛港 偏泉腔	大林蒲 偏泉腔
姑	kɔ^{55}	ko^{55}	ko^{55}	ko^{33}	kɔ^{33}
糕	ko^{55}	ko^{55}	ko^{55}	ko^{33}	ko^{33}
芋	ɔ^{33}	o^{33}	o^{33}/ɔ^{33}	o^{11}	ɔ^{11}
蚵	o^{13}	o^{13}	o^{13}	o^{13}	o^{13}
塗	t^{h}ɔ^{13}	t^{h}o^{13}	t^{h}o^{13}	t^{h}o^{13}	t^{h}ɔ^{13}
桃	t^{h}o^{13}	t^{h}o^{13}	t^{h}o^{13}	t^{h}o^{13}	t^{h}o^{13}

2.《彙音妙悟》中的「居」韻韻母比較

《彙音妙悟》中的「居」韻，由以下例字可看出，大多唸 i 韻，但是「煮」tsu^{51}、「師」su^{33} 唸 u 韻。此外哈瑪星在「薯」、「鼠」兩字讀 u 韻，其他例字則唸 i 韻。

字　目	高　雄 普通腔	哈瑪星 普通腔	旗　津 偏泉腔	紅毛港 偏泉腔	大林蒲 偏泉腔
豬	ti^{55}	ti^{33}	ti^{33}	ti^{33}	ti^{33}
魚	hi^{13}	hi^{13}	hi^{13}	hi^{13}	hi^{13}
鋤	ti^{13}	ti^{13}	ti^{13}	ti^{13}	ti^{13}
薯（蕃～）	ts^{h}i^{13}	ts^{h}u^{13}	ts^{h}i^{13}	ts^{h}i^{13}	ts^{h}i^{13}
鼠（老～）	ts^{h}i^{51}	ts^{h}u^{51}	ts^{h}i^{51}	ts^{h}i^{51}	ts^{h}i^{51}
煮	tsu^{51}	tsu^{51}	tsu^{51}	tsu^{51}	tsu^{51}
師	su^{55}	su^{55}	su^{55}	su^{55}	su^{55}

3.《彙音妙悟》中的「科」韻韻母比較

「科」韻例字，從以下例字可看出有兩種讀音，一為唸 /e/ 韻，一為唸 /ue/ 韻。泉州腔的「科」韻，應該唸為 /e/，但除了「雪」、「坐」、「短」、「欲」唸 /e/ 韻，其餘唸 /ue/。其中較特別的是「糜」字，大林蒲、紅毛港閩南話在早期唸 be^{13}，現在則唸 $mu\tilde{a}i^{13}$，與其他地區閩南話相同。

字　目	高　雄 普通腔	哈瑪星 普通腔	旗　津 偏泉腔	紅毛港 偏泉腔	大林蒲 偏泉腔
雪	$se\text{ʔ}^{3}$	$se\text{ʔ}^{3}$	$se\text{ʔ}^{3}$	$se\text{ʔ}^{31}$	$se\text{ʔ}^{31}$
坐	tse^{33}	tse^{33}	tse^{33}	tse^{31}	tse^{31}
短	te^{51}	te^{51}	te^{51}	te^{51}	te^{51}
欲	$be\text{ʔ}^{3}$	$be\text{ʔ}^{3}$	$be\text{ʔ}^{3}$	$be\text{ʔ}^{31}$	$be\text{ʔ}^{31}$
糜	$mu\tilde{a}i^{13}$	$mu\tilde{a}i^{13}$	$mu\tilde{a}i^{13}$	$be^{13}/mu\tilde{a}i^{13}$	$be^{13}/mu\tilde{a}i^{13}$
課（工~）	$k^{h}ue^{11}$	$k^{h}ue^{11}$	$k^{h}ue^{11}$	$k^{h}ue^{11}$	$k^{h}ue^{11}$
回（~批）	hue^{13}	hue^{13}	hue^{13}	hue^{13}	hue^{13}
火	hue^{51}	hue^{51}	hue^{51}	hue^{51}	hue^{51}

4.《彙音妙悟》中的「雞」韻韻母比較

「雞」韻例字，已經普遍受偏漳腔及普通腔影響，唸為 /e/ 韻，但是「做」唸 /o/ 韻。

字　目	高　雄 普通腔	哈瑪星 普通腔	旗　津 偏泉腔	紅毛港 偏泉腔	大林蒲 偏泉腔
雞	ke^{55}	ke^{55}	ke^{55}	ke^{33}	ke^{33}
夾	$\text{ŋ}\tilde{e}\text{ʔ}^{3}$	$\text{ŋ}\tilde{e}\text{ʔ}^{3}$	$\text{ŋ}\tilde{e}\text{ʔ}^{3}$	$\text{ŋ}\tilde{e}\text{ʔ}^{31}$	$\text{ŋ}\tilde{e}\text{ʔ}^{31}$

（續上頁表）

字　目	高　雄 普通腔	哈瑪星 普通腔	旗　津 偏泉腔	紅毛港 偏泉腔	大林蒲 偏泉腔
莢（豆~）	ŋẽʔ^{3}	ŋẽʔ^{3}	ŋẽʔ^{3}	ŋẽʔ^{31}	ŋẽʔ^{31}
鑢（飯~）	le^{33}	le^{33}	le^{33}	le^{31}	le^{31}
做	tso^{11}	tso^{11}	tso^{11}	tso^{11}	tso^{11}

5.《彙音妙悟》中的「恩」韻韻母比較

「恩」韻例字，從「斤」、「銀」可看出主要唸成 /in/，幾乎都已經受偏漳腔或普通腔影響了。

字　目	高　雄 普通腔	哈瑪星 普通腔	旗　津 偏泉腔	紅毛港 偏泉腔	大林蒲 偏泉腔
斤	kin^{55}	kin^{55}	kin^{55}	kin^{33}	kin^{33}
銀	gin^{13}	gin^{13}	gin^{13}	gin^{13}	gin^{13}

6.《彙音妙悟》中的「關」韻韻母比較

「關」韻例字，從以下可看出，目前除了大林蒲閩南話保持少數 /ũi/ 韻，其他主要唸成 /uan/、/uãi/ 韻。

字　目	高　雄 普通腔	哈瑪星 普通腔	旗　津 偏泉腔	紅毛港 偏泉腔	大林蒲 偏泉腔
關	kuãi^{55}	kuãi^{55}	kũi^{55}	kuãi^{33}	kũi^{33}
横	huãi^{13}	huãi^{13}	huãi^{13}	huãi^{13}	hũi^{13}
梗	huãi^{13}	huãi^{13}	huãi^{13}	huãi^{13}	huãi^{13}
縣	kuan^{33}	kuan^{33}	kuan^{11}	kuan^{11}	kuan^{11}
懸	kuan^{13}	kuan^{13}	kuan^{13}	kuan^{13}	kuan^{13}

7.《彙音妙悟》中的「青」韻韻母比較

「青」韻例字，高雄普通腔及哈瑪星閩南話在例字「生」出現 ẽ 韻，其餘地區則唸 /ĩ/ 韻；其他「青」韻例字則都唸為 /ĩ/。值得一提的是，「耳」字在大林蒲閩南話出現 hi 及 hĩ 兩種唸法，hi 為少數老年層唸法，目前唸 hĩ 的居絕大多數。

字　目	高　雄 普通腔	哈瑪星 普通腔	旗　津 偏泉腔	紅毛港 偏泉腔	大林蒲 偏泉腔
青	ts^{h}ẽ^{55}	ts^{h}ĩ^{55}	ts^{h}ĩ^{55}	ts^{h}ĩ^{33}	ts^{h}ĩ^{33}
暝	mẽ^{13}	mẽ^{13}/mĩ^{13}	mĩ^{13}	mĩ^{13}	mĩ^{13}
耳	hĩ^{33}	hĩ^{33}	hĩ^{33}	hĩ^{11}	hi^{31}/hĩ^{31}
鼻	p^{h}ĩ^{33}	p^{h}ĩ^{33}	p^{h}ĩ^{33}	p^{h}ĩ^{11}	p^{h}ĩ^{11}
經	kĩ^{55}	kẽ^{55}/kĩ^{55}	kĩ^{55}	kĩ^{33}	kĩ^{33}
生	sẽ^{55}	sẽ^{55}	sĩ^{55}	sĩ^{33}	sĩ^{33}

8.《彙音妙悟》中的「箱」韻韻母比較

「箱」韻例字在這五個方言點都唸 /ĩu/ 韻。

字　目	高　雄 普通腔	哈瑪星 普通腔	旗　津 偏泉腔	紅毛港 偏泉腔	大林蒲 偏泉腔
尚	sĩu^{33}	sĩu^{33}	sĩu^{33}	sĩu$^{11[33]}$ [6]	sĩu^{11}
唱	ts^{h}ĩu^{11}	ts^{h}ĩu^{11}	ts^{h}ĩu^{11}	ts^{h}ĩu^{11}	ts^{h}ĩu^{11}
張	tĩu^{55}	tĩu^{55}	tĩu^{55}	tĩu^{33}	tĩu^{33}
羊	ĩu^{13}	ĩu^{13}	ĩu^{13}	ĩu^{13}	ĩu^{13}
薑	kĩu^{55}	kĩu^{55}	kĩu^{55}	kĩu^{33}	kĩu^{33}

6　「尚」sĩu$^{11[33]}$，□$^{11[33]}$ 表示調查時，發音人唸成普通腔 33 調，正確的音讀應該是 11，所以筆者用 [ ] 做為兩者調類之區別，此亦表示該音讀已經受普通腔影響開始動搖。

9.《彙音妙悟》中的「雙」韻韻母比較

「雙」韻例字大部分唸 iŋ 韻；但是在例字「指」卻出現兩種音讀，「指」(中~) 唸 /ãi/ 韻，「指」(~頭仔) 各方言點卻出現不同音讀，高雄普通腔、紅毛港及大林蒲仍維持 /iŋ/，哈瑪星唸 /un/，旗津唸 /in/。

字　目	高　雄 普通腔	哈瑪星 普通腔	旗　津 偏泉腔	紅毛港 偏泉腔	大林蒲 偏泉腔
反	$piŋ^{51}$	$piŋ^{51}$	$piŋ^{51}$	$piŋ^{51}$	$piŋ^{51}$
前	$tsiŋ^{13}$	$tsiŋ^{13}$	$tsiŋ^{13}$	$tsiŋ^{13}$	$tsiŋ^{13}$
肩	$kiŋ^{55}$	$kiŋ^{55}$	$kiŋ^{55}$	$kiŋ^{33}$	$kiŋ^{33}$
眼（龍~）	$giŋ^{51}$	$giŋ^{51}$	$giŋ^{51}$	$giŋ^{51}$	$giŋ^{51}$
楨（戶~）	$tiŋ^{33}$	$tiŋ^{33}$	$tiŋ^{33}$	$tiŋ^{31}$	$tiŋ^{31}$
指（中~）	$tsãi^{51}$	$tsãi^{51}$	$tsãi^{51}$	$tsãi^{51}$	$tsãi^{51}$
指（~頭仔）	$tsiŋ^{51}$	$tsun^{51}$	$tsin^{51}$	$tsiŋ^{51}$	$tsiŋ^{51}$

10.《彙音妙悟》中的「飛」韻韻母比較

「飛」韻例字，高雄及哈瑪星唸 ue/ueʔ 韻，其他地區在「血」字，則唸成泉州腔的 ui/uiʔ。

字　目	高　雄 普通腔	哈瑪星 普通腔	旗　津 偏泉腔	紅毛港 偏泉腔	大林蒲 偏泉腔
血	$hueʔ^{3}$	$hueʔ^{3}$	$huiʔ^{3}$	$huiʔ^{31}$	$huiʔ^{31}$
拔	$pueʔ^{5}$	$pueʔ^{5}$	$pueʔ^{5}$	$pueʔ^{55}$	$pueʔ^{55}$

11.《彙音妙悟》中的「杯」韻韻母比較

「杯」韻例字，由「買」、「賣」兩字得知，旗津閩南話唸 ue 韻(偏泉腔)，其他地區閩南話則唸成 e 韻。旗津地區在「杯」韻的保存較完整，其他地區則已經受偏漳腔或普通腔影響。

字　目	高　雄 普通腔	哈瑪星 普通腔	旗　津 偏泉腔	紅毛港 偏泉腔	大林蒲 偏泉腔
買	be^{51}	be^{51}	bue^{51}	be^{51}	be^{51}
賣	be^{33}	be^{33}	bue^{33}	be^{11}	be^{11}

12.《彙音妙悟》中的「箴」韻韻母比較

在「箴」韻中，「蔘」字唸成 am 韻。但是「森」(鳳～里)字，唸 im 韻。

字　目	高　雄 普通腔	哈瑪星 普通腔	旗　津 偏泉腔	紅毛港 偏泉腔	大林蒲 偏泉腔
蔘(人～)	sam^{55}	sam^{33}	sam^{33}	sam^{33}	sam^{33}
森	sim^{55}	sim^{55}	sim^{55}	sim^{33}	sim^{33}

13.《彙音妙悟》中的「鉤」韻韻母比較

由「後」、「厚」字可知，「鉤」韻唸成 io 韻或 o/ɔ。

字目	高　雄 普通腔	哈瑪星 普通腔	旗　津 偏泉腔	紅毛港 偏泉腔	大林蒲 偏泉腔
後(～悔)	hio^{33}	hio^{33}	hio^{33}	hio^{33}	hio^{31}
厚(忠～)	ho^{33}	ho^{33}	ho^{33}	ho^{11}	$hɔ^{31}$

三、特殊音讀的例字

從以上各字類的比較，可掌握高雄地區其他相關次方言點的韻類變化趨勢，及對應關係。以下是一些較為特殊的韻母音讀例字：

（一）「罵」在偏泉腔念 mã7，在偏漳腔唸 mẽ7。大林蒲閩南話仍保持 mã^{11} 的音，旗津、哈瑪星則出現兩讀情形，表示受普通腔影響正發生音變中。

字　目	高　雄 普通腔	哈瑪星 普通腔	旗　津 偏泉腔	紅毛港 偏泉腔	大林蒲 偏泉腔
罵	mẽ^{33}	mẽ^{33}	mã^{33}、mẽ^{33}	mã^{11}、mẽ^{11}	mã^{11}

（二）「頭」在大林蒲閩南話，有以下幾種不同音讀：

「頭」$\text{t}^{\text{h}}\text{au}^{13}$。

「頭殼」$\text{t}^{\text{h}}\text{ak}_{11}\ \text{k}^{\text{h}}\text{ak}^{31}$。

「頭拄仔」$\text{t}^{\text{h}}\text{am}_{11}\ \text{tu}_{33}\ \text{a}^{51}$（剛剛）。

「頭殼」$\text{t}^{\text{h}}\text{au}_{11}\ \text{k}^{\text{h}}\text{ak}^{31}$ 變讀為 $\text{t}^{\text{h}}\text{ak}_{11}\ \text{k}^{\text{h}}\text{ak}^{31}$：主要因為韻母 /-au/，受後字聲母 /$\text{k}^{\text{h}}$-/ 的「逆同化」[7] 影響，形成 /auk/ 的韻母形式，又因為 /u/ 韻的弱化，因而造成 /u/ 消失，最後變成 /ak/ 的韻尾。其音變過程如下：

頭殼 $\text{t}^{\text{h}}\text{au}_{11}\ \text{k}^{\text{h}}\text{ak}^{31} \xrightarrow{\text{逆同化}} \text{t}^{\text{h}}\text{auk}_{11}\ \text{k}^{\text{h}}\text{ak}^{31} \xrightarrow{\text{/u/ 弱化}} \text{t}^{\text{h}}\text{ak}_{11}\ \text{k}^{\text{h}}\text{ak}^{31}$

---

7 「逆同化」(regressive assimilation)，也稱為「後退同化」。指前面音段的發音受後面音段的影響，產生同化現象。(《中國語言學大辭典》編委會，1991：238；鍾榮富，2003：91-93)。

第三節　聲調比較

現代泉州音的調類系統，主要分成兩類，一是有八個聲調，陰去、陽去本調混同，但變調不同；另一是有七個聲調，陰去、陽去本變調皆不同，但陽上與陽去混同（洪惟仁，1996：42）。以下列舉五個高雄不同方言點的聲調類型，以做為比較。

一、基本調

所謂「基本調」指的是，依據傳統聲調變化的對應關係所確定下來應歸屬的調類（周長楫、康啟明，1997：211）。

（一）大林蒲／紅毛港

1. 有八個基本調[8]。
2. 陰平調是中平調 /33/。
3. 陰去調與陽去調本調相同，皆為 /11/，但變調走向不同。
4. 陽上調是中降調 /31/，與其他閩南話明顯不同。
5. 陰上調本調讀 /51/，與其他閩南話相同；但變調讀中平調 /33/。
6. 陰入調為中降調 /31/，其單字調末尾有明顯的下降趨勢，當入聲韻尾弱化或不明顯時，易與陽上調混合。

8　大林蒲、紅毛港閩南話的基本調（本變調合計），保持泉州腔的八個調類，但是在實際語流中存在一些無法歸入調類的「超陰平調」，也就是超出陰平調調值的聲調，例如「這些」tsuai^{55}、「那些」huai^{55}、「這」tse^{55}、「那」he^{55}，所以若將這些「超陰平調」一併納入調類中，則應該有九個調類。

7. 陽入調為高平調 /55/，與一般閩南話差別在於末尾的促聲長短。
8. 紅毛港的基本調調型與大林蒲完全一樣。

（二）前鎮

1. 有七個基本調，無陽上調。
2. 陰平調是高平調 /55/。
3. 上聲調本調讀高降調 /51/。
4. 陰去調是低平調 /11/。
5. 陽去調為中平調 /33/，但變調讀低平調 /11/。
6. 入聲韻中，陰入調為中促調 /3/；陽入調為高促調 /5/。

（三）旗津／哈瑪星

1. 有七個基本調，無陽上調。
2. 基本調調型與普通腔相同。

二、連讀變調

所謂「連續變調」指的是，在實際語流當中，因為基本調的連讀，使其發生調類和調值上的改變。

（一）陰平變調

1. 本變調相同。例如：大林蒲及紅毛港。
2. 變成中平調 /33/。例如：前鎮、哈瑪星及旗津。

（二）陰上變調

1. 上聲調變成和陰平調相同的高平調 /55/。例如：前鎮及哈瑪星。
2. 變成和陰平調相同的中平調 /33/。例如：旗津、紅毛港及大林蒲。
3. 洪惟仁（2003：166）指出，「根據方言比較將老泉腔陰上變調擬為升調，升調是比較有標的，但目前聲調平調化是普遍的趨勢。」由此段敘述可知，旗津、紅毛港及大林蒲三個偏泉腔的陰上變調，其深層調值應該是 /35/，逐漸平調化而變成 /33/。

（三）陰去變調

皆變為高降調 /51/。

（四）陰入變調（韻尾收 -p、-t、-k）

1. 變成高促調 /5/。例如：前鎮、哈瑪星及旗津。
2. 變成高平調 /55/。例如：紅毛港及大林蒲。

（五）喉陰入變調（收 -ʔ）

喉塞音在變調後皆失去喉塞，且變成與陰上調相同的高降調 /51/。

（六）陽平變調

1. 變成和陽去調相同的中平調 /33/。例如：前鎮及哈瑪星。
2. 變成和陰去調相同的低平調 /11/。例如：旗津、紅毛港及大林蒲。

（七）陽上變調

變為低平調 /11/。例如：紅毛港及大林蒲。

（八）陽去變調

全部變為低平調 /11/。

（九）陽入變調（韻尾收 -p、-t、-k）

1. 變成低促調 /1/。例如：前鎮、哈瑪星及旗津。
2. 變成低平調 /11/。例如：紅毛港及大林蒲。

（十）喉陽入變調

全部變成低平調 /11/。

綜上所述，在基本調方面，大林蒲與紅毛港閩南話保持泉州腔的八個調類，上聲調有陰陽之別，其他地區則七個聲調。連讀變調方面，大林蒲與紅毛港閩南話在陽調類的變調，一律變讀為低平調 /11/；陰調類的變調則與一般閩南話的變調相同（陰入調例外）。

表 5-2　高雄地區閩南話聲調比較表（說明：「A>B」，A 表本調；B 表變調）

調　類	陰平	陰上	陰去	陰入	喉陰入	陽平	陽上	陽去	陽入	喉陽入
調類代碼	**1**	**2**	**3**	**4**	**4**	**5**	**6**	**7**	**8**	**8**
前　鎮	55 >33	51 >55	11 >51	3 >5	3 >51	13 >33		33 >11	5 >1	5 >11
哈瑪星	55 >33	51 >55	11 >51	3 >5	3 >51	13 >33		33 >11	5 >1	5 >11
旗　津	55 >33	51 >33	11 >51	3 >5	3 >51	13 >**11**		33 >11	5 >1	5 >11
紅毛港	**33** >33	51 >**33**	11 >51	31 >55	31 >51	13 >**11**	31 >11	**11** >11	55 >11	55 >11
大林蒲	**33** >33	51 >**33**	11 >51	31 >55	31 >51	13 >**11**	31 >11	**11** >11	55 >11	55 >11

三、特殊變調

小稱詞「仔」前變調，與一般變調不同，然而在「□仔」與「□仔□」的變調情況又有所不同。以下就這兩種不同的「仔」字變調進行分析比較。

(一)「□仔」變調

洪惟仁（1987：64-66）「仔前字只有第二度和第三度的長短調，共四個調位。所有調位的原變調，都經過再變調歸入四個調位中」。

由表 5-3 知，在「□＋仔」的變調中，「仔」a^{51} 皆讀為固定高降調 /51/。「仔」前字變調在前鎮、哈瑪星及旗津則有 /33/、/55/ 的長短調，四個調位。

大林蒲及紅毛港的「仔」前字變調，則由於入聲皆為長調，故其變調系統只有 /33/ 及 /55/ 兩個調位。

表 5-3　高雄地區閩南話「□仔」變調比較表

例　詞	鉤仔	椅仔	印仔	竹仔	鴨仔	絃仔	市仔	袋仔	賊仔	藥仔
調　類	陰平	陰上	陰去	陰入	喉陰入	陽平	陽上	陽去	陽入	喉陽入
調類代碼	1	2	3	4	4	5	6	7	8	8
前　鎮	33+51	55+51	55+51	5+51	55+51	33+51		33+51	3+51	33+51
哈瑪星	33+51	55+51	55+51	5+51	55+51	33+51		33+51	3+51	33+51
旗　津	33+51	55+51	55+51	5+51	55+51	33+51		33+51	3+51	33+51
紅毛港	33+51	55+51	55+51	55+51	55+51	33+51	33+51	33+51	33+51	33+51
大林蒲	33+51	55+51	55+51	55+51	55+51	33+51	33+51	33+51	33+51	33+51

(二)「□仔□」變調

在「□仔□」的「仔」字變調，主要有高平調 /55/ 及中平調 /33/ 兩種調位。一般閩南話，除了陽入調，「仔」字變讀為中平調 /33/，其他調類則皆讀為高平調 /55/。

「仔」前字變調部分，一般閩南話有高平調 /55/、中平調 /33/ 及低平調 /11/ 三種調位。變讀為高平調 /55/ 的，有陰上調、陰去調及喉陰入（收 -ʔ）；變讀為中平調 /33/ 的，有陰平調、陽平調、陽去調及喉陽入（收 -ʔ）；變讀為低平調 /11/ 的，只有陽入調；陰入調則變讀為高促調 /5/。

大林蒲與紅毛港閩南話的「仔」前字變調與一般閩南話不同，有低平調 /11/ 及高平調 /55/ 兩種調位。在陽調類、陰平調及陰上調，「仔」前字皆變讀為低平調 /11/；在陰去調及陰入調（包括收 /-ʔ/ 的喉陰入）則變讀為高平調 /55/。「□仔□」的「仔」前字調位變化，是大林蒲、紅毛港閩南話的特色之一。

表 5-4　高雄地區閩南話「□仔□」變調比較表

例　詞	柑仔汁	椅仔跤	印仔店	竹仔厝	桌仔頂	圓仔湯	市仔內	樹仔尾	屎礐仔蟲	藥仔店
調類	陰平	陰上	陰去	陰入	喉陰入	陽平	陽上	陽去	陽入	喉陽入
調類代碼	1	2	3	4	4	5	6	7	8	8
前　鎮	33+55	55+55	55+55	5+55	55+55	33+55		33+55	11+33	33+55
哈瑪星	33+55	55+55	55+55	5+55	55+55	33+55		33+55	11+33	33+55
旗　津	33+55	55+55	55+55	5+55	55+55	33+55		33+55	11+33	33+55
紅毛港	11+33	11+33	55+55	55+55	55+55	11+33	11+33	11+33	11+33	11+33
大林蒲	11+33	[55]+[55]	55+55	55+55	55+55	11+33	11+33	11+33	11+33	11+33

此外，大林蒲及紅毛港閩南話在陰上調的音讀，常會變讀為55+55，筆者推斷，這是受到普通腔影響所致，表示目前陰上調的「□仔□」音調系統正處於變動中。

第四節　特殊的元音變化

詞根中的主要元音，可能會隨前後調的聲調或發音器官、發音部位的變化而隨之產生改變，以下就元音的變化，分為元音替換、特殊音變二部分進行探討。

一、元音替換

《中國語言學大辭典》編委會（1991：241）所謂「元音替換」，又稱為「換位」。指元音發生前後位移的音變現象。

「喙鬚」（鬍鬚）大多數人唸 ts^hui_{51} ts^hiu^{55}，大林蒲地區唸 ts^hiu_{51} ts^hiu^{33}。這種元音替換現象，張屏生（2007：36）在吉貝、小琉球、屏東都曾收錄到。

喙（～鬚）ts^hui^{11} $\xrightarrow{\text{元音替換}}$ ts^hiu^{11}

二、特殊音變

（一）「喙齒」（牙齒）大多數人唸 ts^hui_{51} k^hi^{51}，大林蒲閩南話唸 ts^hi_{51} k^hi^{51}，將 /u/ 的音節刪減掉。紅毛港閩南話唸 ts^hu_{51} k^hi^{51}，則是去掉 /i/ 的音。此外，「喙鬚」（鬍鬚）一詞，紅毛港閩南話唸 ts^hi_{51} k^hi^{51}，「喙」讀為 ts^hi^{11}，刪掉 /u/。所以，「喙」有兩種變化情形，如圖所示：

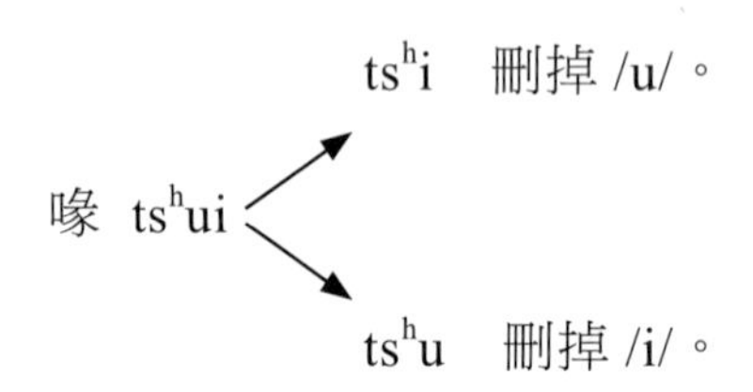

（二）「莫要緊」（沒關係）大多數人唸 be$_{33}$ iau$_{55}$ kin^{51}，大林蒲及紅毛港地區唸 be$_{11}$ a$_{33}$ kin^{51}，「要」字音節由 /iau/ 縮減為 /a/。

要（莫～緊）iau ——→ a　刪掉 /i/、/u/。

（三）「猶未」（還沒～）大多數人唸 ia$_{55}$ be^{55}，有些人唸為 a$_{33}$ be^{11}。「猶」字音節由 ia 縮減為 a。

猶（～未）ia ——→ a　刪掉 /i/。

（四）「滿月」（彌月）大多數人唸 muã$_{55}$ gueʔ^{5}，大林蒲閩南話有些人唸為 mã$_{33}$ gueʔ^{55}。「滿」字音節由 uã 刪減為 ã。

滿（～月）uã ——→ ã　刪掉 /u/。

（五）「桌罩」（菜蓋網）大多數人唸為 tə$_{51}$ ta^{33}，大林蒲及紅毛港閩南話唸 to$_{51}$ tau^{11}。「罩」字，在其他例詞都讀為 ta^{11}，惟獨「桌罩」時唸為 tau^{11}。

罩（桌～）a ——→ au　增加 /u/。

（六）「漉糊糜」（爛泥巴）一般閩南話唸 lɔ$_{11}$ kɔ$_{33}$ muãi$_{13}$ a^{13}，大林蒲及紅毛港閩南話則唸 lɔk$_{11}$ kɔ$_{33}$ muãi$_{33}$。/-ɔ / > /-ɔk/，這樣的音變，可能是受後字 /k/ 的「逆同化」影響。

漉（～糊糜）ɔ ——→ ɔk　增加 /k/。

（七）「錢鼠」（錢鼠）一般閩南話唸 $ts\tilde{\imath}_{33}$ $ts^{h}u^{51}$，大林蒲及紅毛港閩南話則唸 $ts\tilde{\imath}u_{11}$ $ts^{h}i^{51}$。「錢」字，只有在「錢鼠」一詞唸為 $ts\tilde{\imath}u^{13}$。

錢（～鼠） ĩ ⟶ ĩu　增加 /u/。

（八）「舖」字，當作「里程單位」時，一般閩南話唸 $p^{h}ɔ^{11}$，大林蒲及紅毛港閩南話則唸 $p^{h}ua^{51}$。因為元音分裂的關係，使得 /-ɔ/ > /-ua/。

舖（一～路） ɔ ⟶ ua

（九）「哦口」（啞巴），一般閩南話唸 $\tilde{ɔ}_{55}$ kau^{51} 或 e_{55} kau^{51}，大林蒲及紅毛港閩南話則唸 $u\tilde{a}_{33}$ kau^{51}。

哦（～口） ɔ̃ ⟶ uã
e ↗

第六章　大林蒲閩南話和其他相關次方言的詞彙比較

方言研究除了紀錄語音的變異，詞彙的變化也極具代表性。以語音、詞彙、及語法三者的變化速度看，詞彙的變化最快速，也最受日常生活、社會、政治種種影響（趙元任，1972：131）。故本章節從詞彙比較的角度，探究大林蒲閩南話與鄰近相關次方言的詞彙差異，從中找出大林蒲閩南話的特殊詞彙，以及大林蒲與紅毛港地名上的語音差異特色。（詳細的詞條比較，參閱語料篇」）。

第一節　詞形[1]、詞義和音讀的分析

詞彙的差異會因為區域性、生活習慣及語言接觸而產生詞形、詞義及音讀的變化，所以本節就這三方面的交互關係進行探討，釐清詞彙的差異之處。

一、詞形相同，詞義不同

「蝶婆仔」ia_{11} po_{33} a^{51}，一般閩南話指的是「蝙蝠」，但是在大林蒲指「蝴蝶」；「密婆仔」pit_{11} po_{33} a^{51} 才是指「蝙蝠」。紅毛港地區則「蝙蝠」與「蝴蝶」同音，皆讀為 ia_{11} po_{33} a^{51}，其判別方式則依實際的語境差異為準。

「茶」te^{13}，一般閩南話指的是「用茶葉沖泡的茶水」，但是在大林蒲泛指一切的飲用水，包括「白開水」、「熱開水」及「茶葉泡的茶水」。若專指「熱開水」，則說「燒的茶」sio_{33} e_{11} te^{13}。

1　「詞形」指詞的外部形式。在口語中，指「詞的語音形式」；在書面語中，指「詞的書面形式」。（《中國語言學大辭典》編委會，1991：271）

「壽板」siu_{11} pan^{51} 一般閩南話指的是「棺木」雅稱，屬於棺木的避諱詞，但是在大林蒲指「材質較差的棺材」。

二、詞形不同，詞義相同

（一）「臭跤仙仔」**ts^hau_{51} k^ha_{33} $sian_{33}$ $nã^{51}$**（密醫）

一般閩南話對「沒有受過專業訓練，且無執照的黑牌醫生」，稱為「赤跤仙仔」ts^hia_{51} k^ha_{33} $sian_{33}$ $nã^{51}$，大林蒲閩南話則說「臭跤仙仔」ts^hau_{51} k^ha_{33} $sian_{33}$ $nã^{51}$。

（二）「風」**$hɔŋ_{33}$**（瓦斯）

一般閩南話說「瓦斯」ga_{51} $suʔ^3$，在大林蒲地區則「風」$hɔŋ^{33}$ 與「瓦斯」ga_{51} $suʔ^{31}$ 兩種說法並行。「風」$hɔŋ^{33}$，是取其無固定狀態之意，這個詞彙的使用頻率有逐漸減少的趨勢，可能與華語將該詞彙定為「瓦斯」有極密切的關係。張屏生（2007：158）馬公、湖西及小琉球地區也曾蒐集到「風」$hɔŋ^{33}$ 這個詞。

（三）「跤屐仔」**k^ha_{33} kia_{33} a^{51}**（木屐）

一般閩南話說「木屐」bak_1 $kiaʔ^5$ 或「柴屐」ts^ha_{33} $kiaʔ^5$，主要是取其材質以為用。大林蒲地區唸「跤屐仔」k^ha_{33} kia_{33} a^{51}，則是強調使用的部位「跤」k^ha^{33}，所以才造成詞形上的差異。

（四）「穤手」**$mãi_{33}$ ts^hiu^{51}**（左撇子）

一般閩南話將「左撇子」稱為「倒手拐」$tə_{51}$ ts^hiu_{55} $kuãiʔ^3$，取「左手、右手」意思對立為用；大林蒲閩南話則偏重於左手的功能劣勢，而唸「穤」$mãi^{51}$，有的地區將「穤」唸 bai^{51}，筆者推斷這兩個字的語意應該相同，只是語音上發生同位音變異。

（五）「骯髒西阿痨」am_{33} $tsam^{33}$ si_{33} a_{11} lo^{13}（非常髒亂）

一般閩南話表示「髒亂」的詞彙有「骯髒」a_{33} tsa^{55}、「垃圾」la_{51} sap^{3}、「儖儳」la_{33} sam^{13}、「癩瘑」$t^{h}ai_{55}$ $kə^{55}$ 等說法。大林蒲閩南話則是將「骯髒」唸成 am_{33} $tsam^{33}$，且有另一特殊的詞彙是「骯髒西阿痨」am_{33} $tsam^{33}$ si_{33} a_{11} lo^{13}，表示非常地髒亂，有更加強語氣的意思，類似國語的「髒到不行」。

三、詞義不同，音讀相同

「螢火蟲」一詞，一般閩南話唸「火金蛄」hue_{55} kim_{33} $kɔ^{55}$、「火金星」hue_{55} kim_{33} $ts^{h}ẽ^{55}$，大林蒲地區則有「火金蛄」$hue_{33[55]}$ kim_{33} $kɔ^{33[55]}$、「暗吪仔」am_{51} o_{33} a^{51} 兩種唸法，其中「暗吪仔」am_{51} o_{33} a^{51} 與一般閩南話的「暗學仔」（私塾）am_{51} o_{33} a^{51} 同音。張屏生（2007：148）屏東地區也將「螢火蟲」唸成「暗吪仔」am_{51} $ə_{33}$ a^{51}。

四、特殊音讀

（一）「泄屎星」$ts^{h}ua_{51}$ $ts^{h}ai_{33}$ $ts^{h}ĩ^{33}$（彗星）

一般閩南話唸「掃帚星」sau_{51} $ts^{h}iu_{55}$ $ts^{h}ẽ^{55}$，大林蒲地區讀作 $ts^{h}ua_{51}$ $ts^{h}ai_{33}$ $ts^{h}ĩ^{33}$，「屎」字唸為 $ts^{h}ai$ 很特別，就如「仙草」$ts^{h}an_{33}$ $ts^{h}au^{51}$，北部唸 $sian_{33}$ $ts^{h}au^{51}$，都發生聲母 ts- 變 s- 的情況。

（二）「遏脈」at_{55} $mẽʔ^{55}$（把脈）

一般閩南話唸「節脈」$tsat_{5}$ $mẽʔ^{5}$ 或「號脈」hau_{11} $mẽʔ^{5}$，大林蒲地區讀作「遏脈」at_{55} $mẽʔ^{55}$。

(三)「拍麻雀」p^ha_{51} $mãi_{11}$ $ts^hiɔk^{31}$(打麻將)

一般閩南話唸「拍麻雀」p^ha_{51} $muã_{33}$ $ts^hiɔk^3$,大林蒲地區讀作「拍麻雀」p^ha_{51} $mãi_{11}$ $ts^hiɔk^{31}$。

(四)「釋迦」sik_{55} $kiã^{33}$(水果名)

一般閩南話將「釋迦」唸為 sik^5 k^hia^{55},紅毛港閩南話唸為 sik_{55} k^hia^{33},大林蒲地區則讀作「釋迦」sik_{55} $kiã^{33}$。「迦」字除了聲母發生 k、k^h 變異,韻母也出現鼻化韻。

五、其他

由於各次方言的語音差異,常會「諧音」的現象,也因此造成意思曲解的狀況,例如「不行」一詞,在一般閩南話有人唸「袂使」be_{11} sai^{51},但是在大林蒲閩南話 be_{11} sai^{51} 這個音讀與「賣屎」be_{11} sai^{51} 同音,所以有人就會打趣說「你欲賣屎」(你要賣屎)li_{55} be_{55} be_{11} sai^{51}。

紅毛港地區由於 o/ɔ 不分,也因此發生一些趣事,根據紅毛港發音人洪楊玉枝[2]女士表示,「較早逐改去小港菜市仔買蚵仔,頭家閣會講阮干焦有賣『蚵仔』,無賣『芋仔』」。(以前每次到小港菜市場買「蚵」時,老闆總會說「我們只賣蚵,不賣芋頭」)k^ha_{55} tsa^{51} tak_{11} kai^{51} hi_{51} $tsai_{51}$ ts^hi_{33} a^{51} be_{33} $ɔ_{33}$ a^{51},t^hau_{11} ke^{33} ko_{11} e_{11} $koŋ^{33}$,$guan_{55}$ kan_{33} $nã^{33}$ u_{11} be_{11}「o_{33} a^{51}」,bo_{11} be_{11}「$ɔ_{33}$ a^{51}」。也因此常成為眾人訕笑的對象,自己也感到很不好意思,為避免這樣的情形再次發生,於是將「蚵」說為「蚵」o^{13},「芋頭」則加入「仔」字,說為「芋仔」o_{33} a^{51},以做為區別。

---

2 洪楊玉枝女士,係本研究之紅毛港發音人之一,1949 年出生於紅毛港「姓楊仔」$sĩ_{51}$ $ĩu_{33}$ $ã^{51}$(海昌里),之後嫁至隔壁里「姓洪仔」$sĩ_{51}$ $aŋ_{33}$ $ŋã^{51}$(海豐里),因為紅毛港遷村計畫,目前已遷離紅毛港。

第二節　特殊詞彙

一、受國語影響

（一）「瀑布」$pɔ_{11}$ $pɔ^{11}$

一般閩南話唸「水漈」$tsui_{55}$ $ts^{h}iaŋ^{13}$，在大林蒲閩南話卻無這個音讀，而唸「瀑布」$pɔ_{11}$ $pɔ^{11}$。紅毛港地區則沒有這個詞彙。筆者推斷可能受國語影響，直接從國語的字面翻譯過來。

（二）「龍捲風」$liŋ_{11}$ $kŋ_{33}$ $hɔŋ^{33}$

一般閩南話唸「捲螺仔風」$kŋ_{55}$ le_{33} a_{55} $hɔŋ^{55}$，大林蒲閩南話唸「龍捲風」$liŋ_{11}$ $kŋ_{33}$ $hɔŋ^{33}$，臺西唸「龍捲風」$liŋ_{11}$ $kŋ_{35}$ $huaŋ^{33}$。

（三）「食宵夜」$tsia_{11}$ $siau_{33}$ ia^{31}（吃宵夜）

一般閩南話唸「食點心」$tsia_{11}$ $tiam_{55}$ sim^{55}，大林蒲閩南話也唸 $tsia_{11}$ $tiam_{33}$ sim^{33}，受國語「吃點心」的影響，現代讀作「食宵夜」$tsia_{11}$ $siau_{33}$ ia^{31} 的情況越來越少。

（四）「手套」$ts^{h}iu_{33}$ $t^{h}o^{11}$（手套）

一般閩南話有「手囊」$ts^{h}iu_{55}$ $lɔŋ^{13}$、「手橐仔」$ts^{h}iu_{55}$ $lɔk_{5}$ ga^{51}、「五爪仔」$gɔ_{11}$ $dziau_{55}$ a^{51} 等讀法，大林蒲閩南話另外讀作「手套」$ts^{h}iu_{33}$ $t^{h}o^{11}$，這個詞應該是受國語影響所產生的。

（五）「天花板」$t^{h}ian_{33}$ hua_{33} pan^{51}（天花板）

一般閩南話唸「天棚」$t^{h}ian_{33}$ $pɔŋ^{13}$、「天遮」$t^{h}ian_{33}$ $tsia^{55}$，大林蒲閩南話唸「天棚」$t^{h}ian_{33}$ $pɔŋ^{13}$、「天花板」$t^{h}ian_{33}$ hua_{33} pan^{51}，「天花板」$t^{h}ian_{33}$ hua_{33} pan^{51} 這個詞應該是受國語影響所產生的新詞彙。

（六）「流產」$\mathbf{liu_{11}\ san^{51}}$（流產）

一般閩南話唸「落胎」$lau_{51}\ t^he^{55}$，大林蒲唸「落胎」$lau_{51}\ t^he^{33}$、「流產」$liu_{11}\ san^{51}$。根據多位發音人表示「流產」$liu_{11}\ san^{51}$ 是現代的說法。「流產是這馬的講法，較早的人攏講落胎」。$liu_{11}\ san^{51}\ si_{11}\ tsim_{55}\ mã_{51}\ ẽ_{11}\ kɔŋ_{33}\ huat^{31}$，$k^ha_{55}\ tsa_{51}\ e_{11}\ laŋ^{13}\ lɔŋ_{33}\ kɔŋ_{33}\ lau_{51}\ t^he^{33}$（「流產」是現代的說法，以前的人都說「落胎」）。

（七）「貓頭鷹」$\mathbf{bau_{33}\ t^hau_{11}\ iŋ^{33}}$（貓頭鷹）

一般閩南話唸「暗光鳥」$am_{51}\ kɔŋ_{33}\ tsiau^{51}$、「貓頭鳥」$niãu_{33}\ t^hau_{33}\ tsiau^{51}$，大林蒲唸「暗光鳥」$am_{51}\ kɔŋ_{33}\ tsiau^{51}$、「貓頭鷹」$bau_{33}\ t^hau_{11}\ iŋ^{33}$。

（八）「身體」$\mathbf{sin_{33}\ t^he^{51}}$（身體）

一般閩南話唸「身軀」$siŋ_{33}\ k^hu^{55}$。大林蒲閩南話唸「身軀」$siŋ_{33}\ k^hu^{33}$、「身體」$sin_{33}\ t^he^{33}$，很顯然地，「身體」$sin_{33}\ t^he^{33}$ 一詞是受國語影響的詞彙。

（九）「金針」

「金針」一詞，一般閩南話唸 $kim_{33}\ tsiam^{55}$，在大林蒲閩南話則唸「金針」$tsin_{33}\ tsiam^{33}$，「金」字在其他詞彙中，例如：「黃金」$ŋ_{11}\ kim^{33}$、「金色」$kim_{33}\ sik^{31}$ 等等，皆唸為 kim^{33}。唯獨在「金針」一詞，唸為 $tsin^{33}$，筆者推斷可能是受到國語的影響，將 kim^{33} 唸 $tsin^{33}$。此外筆者更蒐集到有人唸「□針」$pin_{33}\ tsiam^{33}$（這是吳邱再桃的發音），這可能是訛讀。

二、大林蒲當地特殊詞

（一）「攑豆箍」gia_{11} tau_{11} $k^hɔ_{33}$（下棋）

一般閩南話「下棋」唸「行棋」$kiã_{11}$ ki^{13}，大林蒲地區也有這樣的說法，另外還有「攑豆箍」gia_{11} tau_{11} $k^hɔ^{33}$ 這個詞，主要取其外觀形狀以為替代。所以若有人說「伊咧攑豆箍」i_{33} le_{55} gia_{11} tau_{11} $k^hɔ^{33}$（他在攑豆箍），表示他正在下棋。

（二）「茭合仔筍」kau_{33} hap_{11} ba_{33} sun^{51}（茭白筍）

一般閩南話唸「茭白筍」k^ha_{33} pe_{11} sun^{51}。大林蒲閩南話也唸「茭白筍」k^ha_{33} pe_{11} sun^{51}；另外還有「茭合仔筍」kau_{33} hap_{11} ba_{33} sun^{51} 的唸法，主要指其外層的筍殼，層層相疊、合在一起。

（三）「豆梗」tau_{11} $kuãi^{51}$（連耞）

農工用具，一般閩南話唸「耞」$kẽ^{51}$，大林蒲閩南話唸「豆梗」tau_{11} $kuãi^{51}$，從字面上可得知其主要用於豆類。紅毛港則無此詞彙。

（四）「結粽」kat_{55} $tsaŋ^{11}$（包粽子）

一般閩南話唸「縛粽」pak_{11} $tsaŋ^{11}$，大林蒲地區有人唸「結粽」kat_{55} $tsaŋ^{11}$，也有人唸「縛粽」pak_{11} $tsaŋ^{11}$。唸「結粽」kat_{55} $tsaŋ^{11}$ 的主要以老年層居多，現在唸「縛粽」pak_{11} $tsaŋ^{11}$ 的人，有越來越多的趨勢，明顯地是受外面普通腔的影響。

（五）「曆日簿仔」la_{11} $dzit_{11}$ $p^hɔ_{33}$ a^{51}（農民曆）

一般閩南話唸「通書」$t^hɔŋ_{33}$ su^{55}。大林蒲地區唸為「曆日簿仔」la_{11} $dzit_{11}$ $p^hɔ_{33}$ a^{51}，是農民們從事農耕，或日常生活中決定有關婚喪喜慶等重大事情時的重要生活工具書之一。

（六）「狹間仔」e_{11} $ki\eta_{33}$ $\eta\tilde{a}^{51}$（浴室）

一般閩南話唸「浴室」ik_{11} $ki\eta_{33}$ $\eta\tilde{a}^{51}$，筆者原本推斷「狹」字的音變，應該是字形上的差異，取其空間的狹小，經張屏生師的告知，有些「狹」唸 ue 的地區，也將「浴室」唸「狹間仔」e_{11} $ki\eta_{33}$ $\eta\tilde{a}^{51}$，所以應該從音變的角度來推斷之。

（七）「胳扇空」kue_{51} $s\tilde{\imath}_{51}$ $k^ha\eta^{33}$（腋下）

「腋下」這個詞在各地有多種不同的唸法，有「胳耳空」kue_{51} $h\tilde{\imath}_{11}$ $k^ha\eta^{55}$、「胳下空」kue_{51} e_{11} $k^ha\eta^{55}$、「胳朐跤」kue_{51} $la\eta_{33}$ k^ha^{55} 等等，大林蒲及紅毛港地區都唸「胳扇空」kue_{51} $s\tilde{\imath}_{51}$ $k^ha\eta^{33}$ 又不同於其他地區。

（八）「鉸剪」ka_{33} $tsian^{51}$（剪刀）

「剪刀」一詞，一般閩南話唸「鉸刀」ka_{33} to^{55}，這個詞普遍存在各地。大林蒲地區有「鉸剪」ka_{33} $tsian^{51}$、「鉸刀」ka_{33} to^{33} 兩種說法，張屏生（2007：142）「鉸剪」ka_{33} $tsian^{51}$ 一詞，在金門、梧棲及湖西都有收錄到，金門更出現「鉸撵」ka_{33} $lian^{53}$ 的獨特唸法。

（九）「烏鰭」$ɔ\eta_{33}$ $\eta\tilde{ɔ}^{13}$（海豚）

一般閩南話唸「海豬」hai_{55} ti^{55}，澎湖叫「海鼠」hai_{35} ts^hu^{51}，大林蒲地區唸「烏鰭」$ɔ\eta_{33}$ $\eta\tilde{ɔ}^{13}$ 或 $ɔ_{33}$ $\eta\tilde{ɔ}^{13}$ [3]，這個詞通常出現於以漁維生的地區，大林蒲地區以農為主，卻也出現這個專有詞彙，筆者推斷這個詞彙應該來自於以捕魚維生的紅毛港，因為過去停靠紅毛港的漁船只要一靠岸，所有的漁獲都會送到大林蒲來進行交易，所以大林蒲

3 小琉球唸 $\tilde{ɔ}_{33}$ $\tilde{ɔ}^{13}$。

居民普遍會使用這用詞彙。在小琉球、綠島也有蒐集到這個詞彙「烏鯃」$ɔŋ_{33}$ $ŋɔ̃^{13}$。

（十）「畫粧」ue_{11} $tsɔŋ^{33}$（化妝）

一般閩南話唸「化粧」hua_{51} $tsɔŋ^{33}$，大林蒲地區唸「畫粧」ue_{11} $tsɔŋ^{33}$。

（十一）「嚨喉奶奶仔」$nã_{11}$ au_{11} $nĩ_{33}$ $liŋ_{33}$ $ŋã^{51}$（喉頭）

一般閩南話唸「嚨喉鐘仔」$nã_{11}$ au_{11} $tsiŋ_{33}$ $ŋã^{51}$，是指它的形體像個鐘擺，大林蒲地區唸「嚨喉奶奶仔」$nã_{11}$ au_{11} $nĩ_{33}$ $liŋ_{33}$ $ŋã^{51}$ 則可能是語音的變異所造成。紅毛港地區則唸「嚨喉哩奶仔」$nã_{11}$ au_{11} li_{33} $liŋ_{33}$ $ŋã^{51}$。

（十二）「青笸仔」$ts^hĩ_{33}$ ip_{55} ba^{51}（青蛙）

在大林蒲地區青蛙有多種不同的讀音，例如：「水雞」$tsui_{33}$ ke^{33}、「四跤魚仔」si_{51} k^ha_{33} hi_{33} a^{51}、「田蛤仔」ts^han_{11} kap_{55} ba^{51}、「青笸仔」$ts^hĩ_{33}$ ip_{55} ba^{51}；其中最特別的是「青笸仔」$ts^hĩ_{33}$ ip_{55} ba^{51} 一詞，在各地都未曾出現過，唯一與它略為相近的是屏東讀作「青箬仔」$ts^hẽ_{33}$ io_{33} a^{51}。

（十三）「蟧蜞蟳仔」la_{11} gia_{11} $tsim_{33}$ $mã^{51}$（寄居蟹）

一般閩南話唸「寄生仔」$kiã_{51}$ $sẽ_{33}$ $ã^{51}$，紅毛港唸「雷公螺」lui_{11} $koŋ_{33}$ le^{13}。大林蒲唸「蟧蜞蟳仔」la_{11} gia_{11} $tsim_{33}$ $mã^{51}$ 主要是取其外觀有細長的腳，像「蟧蜞」（長腳蜘蛛）一樣。

(十四)「允桮」in_{33} pue^{33}(聖筊)

一般閩南話唸「聖桮」$sĩu_{11}$ pue^{55}、「一桮」$tsit_{1}$ pue^{33}，大林蒲閩南話唸「允桮」in_{33} pue^{33}，表示神明應允請求；「允」in^{51} 有答應、同意的意思。

(十五)「花節仔」hue_{33} $tsat_{55}$ la^{51}(雨傘節)

一般閩南話唸「雨傘節」$hɔ_{11}$ $suã_{51}$ $tsat^{3}$，大林蒲閩南話則有「花節仔」hue_{33} $tsat_{55}$ la^{51} 和「雨傘節」$hɔ_{11}$ $suã_{51}$ $tsat^{31}$ 兩種唸法。經張屏生師告知，在嘉義某些地區叫「白節仔」pe_{11} $tsat_{55}$ la^{51}。

(十六)「吸鐵」$k^{h}ip_{11}$ $t^{h}iʔ^{31}$(磁鐵)

一般閩南話唸「吸石」$k^{h}ip_{11}$ $tsioʔ^{55}$ 大林蒲閩南話唸「吸鐵」$k^{h}ip_{11}$ $t^{h}iʔ^{31}$，在臺西、三峽、臺北、宜蘭及臺南地區都有「吸鐵」$k^{h}ip_{11}$ $t^{h}iʔ^{31}$ 這個詞。

(十七)「落」lak^{31}(專指衣物或被單用水漂洗)

一般閩南話唸「汰」$t^{h}ua^{33}$，紅毛港閩南話唸 $t^{h}ua^{11}$，大林蒲閩南話則唸「落」lak^{31}，例如「落衫仔」lak_{55} $sã_{33}$ $ã^{51}$，表示衣物用清水漂洗。

三、地名的語音特色

游汝杰(1992：215)「地名」是人們在社會生活中給地理實體、行政區域或居民所起的專有名詞。在臺灣地區姓氏的地名以「姓氏」+「厝」的模式居多，例如「蕭厝」、「何厝」等；但是在大林蒲地區，是「姓氏+个(•e_{11})」(「个」為隨前變調)例如：「姓邱个」$sĩ_{51}$

k^hu^{33} $\cdot e_{33}$、「姓洪个」$s\tilde{\imath}_{51}$ $a\eta_{11}$ $\cdot\eta\tilde{e}_{33}$ 等；而紅毛港地區，則是「姓氏＋仔（a^{51}）」，例如：「姓蘇仔」$s\tilde{\imath}_{51}$ so_{33} a^{51}、「姓楊仔」$s\tilde{\imath}_{51}$ $\tilde{\imath}u_{33}$ $\tilde{a}^{51}$。

「仔」字通常帶有「鄙視」、「小化」、「虛化」之意，但是在紅毛港卻將它用在地名當詞綴，與一般的用法大不相同，也間接弱化了「仔」字的本意。

大林蒲姓氏聚落	紅毛港姓氏聚落
「姓氏」+「个」	「姓氏」+「仔」
「姓邱个」$s\tilde{\imath}_{51}$ k^hu^{33} $\cdot e_{33}$	「姓蘇仔」$s\tilde{\imath}_{51}$ so_{33} a^{51}
「姓洪个」$s\tilde{\imath}_{51}$ $a\eta_{11}$ $\cdot\eta\tilde{e}_{33}$	「姓楊仔」$s\tilde{\imath}_{51}$ $\tilde{\imath}u_{33}$ $\tilde{a}^{51}$
「姓許个」$s\tilde{\imath}_{51}$ $k^h\text{ɔ}^{51}$ $\cdot e_{11}$	「姓洪仔」$s\tilde{\imath}_{51}$ $a\eta_{33}$ $\eta\tilde{a}^{51}$
「姓張个」$s\tilde{\imath}_{51}$ $t\tilde{\imath}u^{33}$ $\cdot e_{33}$	「姓李仔」$s\tilde{\imath}_{51}$ li_{55} a^{51}
「姓林个」$s\tilde{\imath}_{51}$ lim_{11} $\cdot m\tilde{e}_{33}$	

第七章　大林蒲閩南話三代同堂的語言使用調查

戴慶廈（2004：31）「語言存在著年齡差異是所有差異中最直觀、最常見的。」這個變量是眾多因素中最重要的參數。

掌握了大林蒲閩南話的音韻系統及特殊詞彙後，為了了解大林蒲閩南話的實際語用狀況，筆者決定採用「對比字音」[1]的方法將調查對象鎖定為三代同堂的家庭，每個里選定兩組樣本，並按年齡區分為老、中、少三個年齡層，老年層為60歲以上，中年層為31~59歲，少年層為10~30歲以下。採用非隨機抽樣的問卷訪查方式進行，為使問卷的有效度提高，訪談時採一對一的詢問，以防止受訪者因對問卷的不熟悉而胡亂填答，訪談過程中，如遇恰當的受訪者，筆者也會進行深度訪談[2]。調查人次統計表如下：

年齡層＼里別	鳳林里	鳳森里	鳳興里	鳳源里	合計
老（60歲以上）	2	2	2	2	8
中（31~59歲）	2	2	2	2	8
少（10~30歲）	2	2	2	2	8
合　計	6	6	6	6	24

1　游汝杰（1992：207）：「對比字音」指用代表音類的相同字，分別請不同年齡層的人讀，再加以記錄和審辨，比較異同。本文之三代同堂社會語言調查，即由筆者預先設定代表字類的字，再由三代同堂之老、中、少分別讀，筆者再依此進行記錄，審辨。

2　深度訪談主要針對大林蒲閩南話的語言態度等相關問題，進行更深入的問題討論，這樣的訪談結果無法用數據量化呈現，本章節的調查統計，並未運用統計檢驗假設，僅針對不同年齡層使用大林蒲閩南話的情形做一簡單統計與比較。

第一節　大林蒲閩南話三代同堂的語音變化

大林蒲閩南話的語音變化，主要受高雄普通腔的影響，以至於原本應保留泉州腔的韻母或聲調，都已發生變化。以下針對三代同堂老、中、少三個年齡層，在「韻母」、「聲調」及「□仔□」變調三方面的語音變異情形，進行比較分析與探討。

一、韻母的變化與變異

(一)「科」韻的變化與變異

張屏生（2007：107）「科」唸 ə 韻的是泉州腔，唸 e 韻的是同安腔，唸 ue 的是偏漳腔，目前臺灣以唸 ue 韻居多。大林蒲閩南話沒有 ə 韻，所以「科」韻目前有 ue/e 兩種唸法。

由表 7-1 可知，例字「欲」，老、中、少三個年齡層的 e 韻保存得很好，表示該字尚未受到普通腔的影響，仍維持偏泉腔的唸法。從「未」字的數據分布可知，在老年層維持完整的 e 韻，中、少年層開始略有轉變，該字正開始受普通腔影響，發生語音變異。

從「箠」字可明顯看出三代間的變化情形，老年層唸 ue 韻的比例偏低，中年層已經超過超過 60%，到了少年層則已經完全變成 ue 韻。由此可預測「箠」字再過不久的時間，中年層也將深受普通腔的影響。「炊」與「吹」字在老年層唸成 ue 韻高達 60~70%，中、少年層則已經完全變為 ue 韻，表示這兩個字在大林蒲地區即將完全受普通腔同化。

表 7-1　不同年齡層「科」韻 u 變為 ue 之比例

「科」韻例字	老（60 歲以上）		中（31~59 歲）		少（10~30 歲）	
	人數	比例	人數	比例	人數	比例
欲（想~）	0	0%	0	0%	0	0%
未（猶~）	0	0%	1	13%	2	25%
箠（棍子）	2	25%	5	63%	8	100%
尾（年~）	5	63%	8	100%	7	88%
炊（~粿）	5	63%	8	100%	8	100%
吹（古~）	6	75%	8	100%	8	100%

表 7-2 顯示，「粿」字出現 ue/e 兩讀的情形，且兩讀的情形都分布在中年層，表示中年層有韻母混淆的情形發生，時而唸 e，時而唸 ue，這個韻母正處在變動邊緣。

此外，「粿」字唸 e 韻，目前僅剩少數老年層。中、少年層讀作 ue 的比例分別為中年層 88%，少年層 100%。表示少年層已經完全變讀為 ue 韻。

表 7-2　不同年齡層「粿」字之音讀比例

「粿」字	老（60 歲以上）		中（31~59 歲）		少（10~30 歲）	
	人數	比例	人數	比例	人數	比例
ue（普通腔）	66	75%	7	88%	8	100%
e（偏泉腔）	22	25%	0	0%	0	0%
兩　讀	00	0%	1	13%	0	0%

（二）「杯」韻的變化與變異

張屏生（2007：113）「買賣」唸 bue2 bue7 的是偏泉腔，唸 be2 be7 的是偏漳腔。由表 7-3 知目前大林蒲地區「買」字，在老年層仍有極少部分的人保有 ue 韻（約 12%），而中、少年層則已經完全變讀為 e 韻；至於「賣」字，則不論任何年齡層都已經完成 ue 變為 e，是變化最完全的例字。

表 7-3　不同年齡層「杯」韻由 ue 變讀為 e 之比例

「杯」韻例字	老（60 歲以上）		中（31~59 歲）		少（10~30 歲）	
	人數	比例	人數	比例	人數	比例
買	7	88%	8	100%	8	100%
賣	8	100%	8	100%	8	100%

（三）「飛」韻的變化與變異

張屏生（2007：116-117）「血」唸 huiʔ4 的是偏泉腔，唸 hueʔ4 的是偏漳腔。表 7-4 顯示目前大林蒲地區「血」字，在老年層有 25% 的人唸 ueʔ 韻，而中年層則各佔一半的比例，一半的人唸 ueʔ 韻，一半的人唸 ueʔ 韻；少年層則有高達 88% 的人唸 ueʔ 韻。表示「血」字受普通腔影響發生韻母由 uiʔ 變為 ueʔ 的情形，有年齡層越低變化越明顯的趨勢。

表 7-4　不同年齡層「飛」韻由 uiʔ 變讀為 ueʔ 之比例

「飛」韻例字	老（60 歲以上）		中（31~59 歲）		少（10~30 歲）	
	人數	比例	人數	比例	人數	比例
血（流~）	2	25%	4	50%	7	88%

（四）「青」韻的變化與變異

張屏生（2007：111）「青」韻例字唸 ĩ 的是偏泉腔，唸 ẽ 的是偏漳腔。筆者選定「病」字，由表 7-5 顯示，目前大林蒲地區「病」字，在老年層僅有 13% 的人唸 ẽ 韻，而中年層有 25% 的人唸 ẽ 韻、少年層則有高達 88% 的人唸 ẽ 韻。ẽ 韻在中、老年層保存得很好，但在少年層則已經快完全崩潰。

表 7-5　不同年齡層「青」韻由 ĩ 變讀為 ẽ 之比例

「青」韻例字	老（60 歲以上）		中（31~59 歲）		少（10~30 歲）	
	人數	比例	人數	比例	人數	比例
病（破~）	1	13%	2	25%	7	88%

（五）「雞」韻的變化與變異

張屏生（2007：106）「雞」韻例字唸 ue 的是偏泉腔，唸 e 的是偏漳腔。筆者選定「雞」（~卵糕），由表 7-6 顯示，目前大林蒲地區「雞」字，不論老、中、少年層都已經完全唸為 e 韻，偏泉腔的 ue 已經消失殆盡。

表 7-6　不同年齡層「雞」韻由 ue 變讀為 e 之比例

「雞」韻例字	老（60 歲以上）		中（31~59 歲）		少（10~30 歲）	
	人數	比例	人數	比例	人數	比例
雞（~卵糕）	8	100%	8	100%	8	100%

（六）ɔ/o 有分的韻母變化與變異

表 7-7 顯示，目前大林蒲地區「高」韻「姑」字唸 ɔ、「刀」韻「糕」字唸 o，在不同年齡層有明顯地差異。由此可知，大林蒲閩南話屬於 ɔ/o 有分的地區。

表 7-7　不同年齡層「高韻」、「刀韻」由 ɔ 變讀為 o 之比例

例字	老（60 歲以上）		中（31~59 歲）		少（10~30 歲）	
	人數	比例	人數	比例	人數	比例
姑（高韻）	0	0%	0	0%	0	0%
糕（刀韻）	8	100%	8	100%	8	100%

二、聲調的變化與變異

（一）陽上調的保存

當筆者進行傳統方言調查時，發現大林蒲閩南話時而將古濁上聲字讀作陽上調 31，時而讀作陽去調 11，甚至出現兩讀的情形，故筆者設計了「被」（收～）與「士」（護～）兩個出現兩讀的例詞，進行聲調變異現象進行調查。

由於普通腔沒有陽上調，所以古濁上聲字讀作陽去調，根據筆者的調查發現，目前大林蒲閩南話在老、中、少三代的讀音有中降調 31，及中平調 33。讀作中降調 31 的屬於保存大林蒲閩南話的語音系統，讀作中平調 33，則是受普通腔影響的語音現象。

表 7-8 顯示，「雨」字在老年層還保存六成二的中降調 31，到了中年層，則出現 63% 的中平調；到了少年層則有 75% 的比例讀作中平調。「被」字在三代間的保存狀況較為良好，都只有一成三或兩成

五的比例唸成中平調。「士」與「惰」字出現明顯的隨年齡變化產生往普通腔靠攏的現象，中、少年層已經明顯的變讀為中平調。

表 7-8　不同年齡層「陽上調」由低平調 11 變讀為中平調 33 之比例

陽上調例字	老（60 歲以上）		中（31~59 歲）		少（10~30 歲）	
	人數	比例	人數	比例	人數	比例
雨（落～）	3	38%	5	63%	6	75%
被（收～）	2	25%	1	13%	1	13%
士（護～）	3	38%	6	80%	8	100%
惰（貧～）	1	13%	6	80%	7	88%

從以下的統計數據可看出，這「妗（阿～）」、「竝」兩組詞彙在少年層已經完全流失了偏泉腔的語音特色，全部唸成中平調的 33，其中還有部分少年層完全不會唸這兩組詞，他們表示平常都用國語稱呼或說，所以不知道閩南話該怎麼說。

例字	音讀情形	老（60 歲以上）		中（31~59 歲）		少（10~30 歲）	
		人數	比例	人數	比例	人數	比例
妗（阿～）舅媽	33	2	25%	5	63%	7	88%
	31	6	75%	3	38%	0	0%
	不會說	0	0%	0	0%	1	13%
竝（擺）	33	1	13%	2	25%	6	75%
	31	7	88%	6	75%	0	0%
	不會說	0	0%	0	0%	2	25%

（二）陽平變調變中平調

洪惟仁（2003：168）陽平變調，漳腔同陰平，泉腔同陽去。大林蒲閩南話陽平變調應該變為低平調，與其他陽調類變調相同，但有時發音人會唸成中平調 33，這可能是受了普通腔的影響，變讀到普通腔的陽平變調。筆者以「危險」、「流血」兩個詞彙進行測試，從表 7-9 可知，在「危險」一詞，三代皆已變調為 33，表示這個詞彙已經受普通腔影響，完全同化。「流血」一詞，在中少年層也已經出現相當高的比例，在不久的將來，也會和「危險」一樣，完全地被同化。

表 7-9　三代同堂陽平變調由低平調 11 變讀為中平調 33 之比例

陽平變調例字	老（60 歲以上）		中（31~59 歲）		少（10~30 歲）	
	人數	比例	人數	比例	人數	比例
危（~險）	8	100%	8	100%	8	100%
流（~血）	3	38%	7	88%	8	100%

（三）陰平與陽平變調辨異

在大林蒲閩南話中，陰平調的變調與本調相同，皆讀為中平調 33，陽平調的變調應該讀為低平調 11，但是常會出現變讀為中平調 33 的情形，所以筆者設計了「豬頭」與「鋤頭」兩個詞組，測試發音人的變調行為。

從表 7-10 可知，在老年層可清楚辨別變調差異的比例相當高，當筆者問到「這兩个音敢有仝款」$tsit_{55}$ $nŋ_{11}$ $ŋẽ_{11}$ im^{33} kam_{33} u_{11} $kaŋ_{11}$ $k^{h}uan^{51}$（這兩個音有沒有相同），老年層會立刻回答「無仝」bo_{11} $kaŋ^{13}$，並加以解說差異之處，「豬頭是咧食的，鋤頭是咧掘塗的；兩个是無相㽎的」ti_{33} $t^{h}au^{13}$ si_{11} le_{55} $tsia_{55}$ $\cdot e_{55}$，ti_{11} $t^{h}au^{13}$ si_{11} le_{55} kut_{11} $t^{h}ɔ^{13}$ $\cdot e_{33}$，$nŋ_{11}$ $ŋẽ_{11}$ si_{11} bo_{11} sio_{33} $siaŋ^{13}$ $\cdot ŋẽ_{33}$（豬頭是吃的，鋤頭是用來挖土的，兩個是不相同的）。但是中年層則會稍微猶豫一下再回答，表示這兩個詞在中年層已經出現混淆的情況，且漸漸發生同化，如表 7-10 的統計數據，中年層可以清楚分辨兩者的音異者，僅剩大約四分之一的人。少年層則完全無法分辨其異同，且有三成八的少年層表示不知道什麼是「鋤頭」，所以不會用臺語表達。

表 7-10　陰平與陽平變調比例

「鋤頭」、「豬頭」	老（60 歲以上）		中（31~59 歲）		少（10~30 歲）	
	人數	比例	人數	比例	人數	比例
音同 33=33	1	13%	6	75%	5	63%
音異 11=33	7	88%	2	25%	0	0%
只會說「豬頭」	0	0%	0	0%	3	38%

三、「□仔□」的特殊音變與變異

「□仔□」仔前字變調為低平調 11，是大林蒲閩南話語音的獨特處之一（詳細討論見第四章第三節），為了瞭解在三代間是否仍存在如此的獨特性，筆者針對與普通腔有明顯差異的「□仔□」仔前字變調詞組，進行調查與分析。

由表 7-11 可知，大林蒲地區老年層在「□仔□」的仔前字變讀為中平調 33 的比例不到四成，表示在這方面的保存還完整；到中年層驟升為六成三到七成五，已經超出一半以上的比例，面臨變動瀕危邊緣。少年層則幾乎已經完全變讀為中平調。所以在「□仔□」的仔前字變調中，可以預測到它的消失速度之快，這與普通腔的盛行及傳播媒體的影響有極大的關聯性。

7-11 「□仔□」仔前字變調為低平調 11 變讀為中平調 33 之比例

調類	例字	老（60 歲以上）		中（31~59 歲）		少（10~30 歲）	
		人數	比例	人數	比例	人數	比例
陰平	番仔火【火柴】	3	38%	6	75%	8	100%
陽平	蚵仔煎【蚵仔煎】	3	38%	5	63%	8	100%
陽上	柱仔跤【樁腳】	2	25%	5	63%	8	100%
陽去	墓仔埔【墓地】	2	25%	5	63%	7	88%
陽入	麥仔茶【麥茶】	2	25%	5	63%	8	100%

陰上調的「□仔□」仔字前變調，一般閩南話變讀為高平調 55，大林蒲閩南話則讀為低平調 11。從下表可知，在「囡仔人」這個詞彙中，老中少三代變讀為高平調 55 的比例都相當高，表示這個詞已經快完全消失偏泉腔的低平調 11 讀音。

其中最值得注意的是，中年層唯一出現低平調的發音人，當筆者用國語問他「『小孩子』怎麼說」時，他回答 gin_{55} $nã_{55}$ $laŋ^{13}$，筆者再次用臺語問他有沒有 gin_{11} $nã_{33}$ $laŋ^{13}$ 的講法，他表示「喔……彼是人咧講『囡仔人毋通傷貧惰，睏甲日頭晝。』有啦，有這種講法」ɔ$_{11}$……
he$_{55}$ si$_{11}$ laŋ$_{11}$ le$_{55}$ kɔŋ$_{33}$『gin$_{11}$ nã$_{33}$ laŋ^{13} m̩$_{11}$ t^{h}aŋ^{33} sĩu$_{33}$ pin$_{11}$ tuã^{31}，k^{h}un$_{51}$ ka$_{55}$ dzit$_{11}$ t^{h}au$_{13}$ tau^{11}。』u^{31} la$_{11}$，u$_{11}$ tsit$_{55}$ tsiɔŋ$_{33}$ kɔŋ$_{33}$ huat^{31}。（喔…那是人家在說『小孩子不要太懶惰，睡到快中午。』有啦，有這種說法。）由此可知，在中年層的記憶中，「囡仔人」gin$_{11}$ nã$_{33}$ laŋ^{13} 這個音讀是存在過的，只是因為現在很少有這樣的語境讓他們再度使用，亦或者隨著平時接觸到普通腔的說法，而漸漸地將它隱藏起來，改用目前較通行的說法。

陰上	老（60 歲以上）				中（31~59 歲）				少（10~30 歲）			
	11（偏泉腔）		55（普通腔）		11（偏泉腔）		55（普通腔）		11（偏泉腔）		55（普通腔）	
	人數	比例	人數	比例	人數	比例	人數	比例	人數	比例	人數	比例
囡仔人【小孩子】	2	25%	6	75%	1	13%	7	88%	0	0%	8	100%

第二節　大林蒲閩南話語音變化的社會因素分析

一、語言態度

游汝杰（1992：210）：「語言態度」（Language attitude）指個人對某種方言的價值評價與行為傾向。當說話者對其所使用的語言有高度認同感時，會出現較高的使用頻率與高度的價值評價，這種情況下的語言地位也隨之提升，語言的保存也較完整。

表 7-12 為大林蒲地區閩南話的日常語用情形，在老年層幾乎都以大林蒲閩南話為主，發音人楊黃春女士自林園嫁到大林蒲已經

47 年，她表示「我的臺語較無咬腔」gua_{55} e_{33} tai_{33} gi^{51} $k^{h}a_{55}$ bo_{33} ka_{11} $k^{h}\tilde{\imath}u^{55}$（我的臺語比較沒有腔調），從對話中發現楊女士的閩南話很偏普通腔，且她自己也有所感知。楊女士更表示由於大林蒲閩南話腔調較重，感覺好像很粗魯，所以她嫁到大林蒲這麼久，很少人會說她講話有大林蒲腔。

中年層日常語用，除了一般閩南話、大林蒲閩南話，還包括國臺語混用的情形，其中主要以大林蒲閩南話為主，佔 63%；其次為一般閩南話，佔 25%。在少年層有高達 50% 的人使用國臺混用的情形，另外有 25% 使用國語。表示在大林蒲地區，國語的使用已經開始滲入日常用語中。

表 7-12　您平時講話都使用何種語言？

	一般閩南話		大林蒲閩南話		國　語		其他（都有）	
	人數	比例	人數	比例	人數	比例	人數	比例
老（60 歲以上）	1	13%	7	88%	0	0%	0	0%
中（31~59 歲）	2	25%	5	63%	0	0%	1	13%
少（10~30 歲）	0	0%	2	25%	2	25%	4	50%

當筆者問及「你最希望學校開什麼語言的母語課？」老年層有 63% 表示「沒意見」，其理由為，有關小孩子學校課業的事，他們的父母會去操心，且學校會決定上什麼課，我們沒有決定權。由此可知老年層對學校事務較屬於被動接受式。在少年層則有 75% 認為學校應該開設閩南語課，這結果是可以預期的，但特別的是少年層的理由

有：一、因為自己的閩南語能力不好，所以希望能透過學校教學，加強孩子的閩南語能力。二、因為對其他語言不熟悉，所以缺乏學習的動機與意願。

表 7-13　對於學校推動鄉土語言教學，你最希望學校開什麼語言的課？

	閩南話		客家話		國語		沒意見		其他（都教）	
	人數	比例	人數	比例	人數	比例	人數	比例	人數	比例
老（60 歲以上）	1	13%	0	0%	0	0%	5	63%	2	25%
中（31~59 歲）	5	63%	1	13%	0	0%	2	25%	0	0%
少（10~30 歲）	6	75%	0	0%	0	0%	2	25%	0	0%

筆者進而問及「是否要求孩子說『大林蒲閩南話』？」由下表可知，老年層各佔一半比例；表示「是」的理由是自己聽不太懂國語，所以希望他們能回到家就多用閩南語，才能進行溝通；表示「否」則因為他們認為語言學習應該「順其自然」，家中平時都有在講閩南語，所以他們應該就會自然學會。中年層有六成三表示不會要求說「大林蒲閩南話」，主因他們認為語言是用來溝通的，只要能溝通、聽得懂就好，不必刻意做區分。

	是		否	
	人數	比例	人數	比例
老（60 歲以上）	4	50%	4	50%
中（31~59 歲）	3	38%	5	63%
少（10~30 歲）	2	25%	6	75%

二、對大林蒲閩南話的評價

當筆者提及「大林蒲閩南話是否純正」時，發音人第一個直覺都是「因為有一个腔」in_{33} ui_{11} u_{11} $tsit_{11}$ le_{11} $k^{h}\tilde{\imath}u^{33}$（因為有一個腔），在中、少年層普遍認為語言本來就沒有所謂的純不純正問題，你覺得我怪，我也覺得你怪，這是區域差異的問題，與語言無關。中年層張裕宏先生表示，「語言無啥物正不正統的問題，人濟嘛無代表就是正統，那換你做副總統，你的話就變正統」gi_{33} $gian^{13}$ bo_{11} sia_{33} $m\tilde{\imath}_{33}$ $tsia_{51}$ $t^{h}\text{ɔ}\eta^{51}$ $\eta\tilde{e}_{33}$ bun_{11} te^{13}，$la\eta_{13}$ tse_{11} $m\tilde{a}_{11}$ bo_{11} tai_{11} $piau_{33}$ ko_{11} si_{11} $tsia_{51}$ $t^{h}\text{ɔ}\eta^{51}$，$n\tilde{a}_{11}$ $u\tilde{a}_{11}$ li_{33} tso_{51} hu_{51} $tso\eta_{33}$ $t^{h}\text{ɔ}\eta^{51}$，li_{33} e_{11} ue_{11} ko_{11} $pian_{51}$ $tsia_{51}$ $t^{h}\text{ɔ}\eta^{51}$（語言無什麼正不正統的問題，人多也不代表就是正統，若換你當副總統，你的話就會變正統）。張先生更表示「語言問題是政治炒作出來的，我們應該尊重每個族群」。

表 7-14 「一般閩南話比我們大林蒲的閩南話純正」你同意這樣的說法嗎？

	同意		沒意見		不同意		無效	
	人數	比例	人數	比例	人數	比例	人數	比例
老（60 歲以上）	0	0%	5	63%	3	38%	0	0%
中（31~59 歲）	1	13%	2	25%	5	63%	0	0%
少（10~30 歲）	1	13%	1	13%	4	50%	2	25%

三、語言敏感度

語言的敏感度是測試當地居民對語音的的差異性，當筆者問到能否清楚分辨兩者的差異時，中、老年層皆表示「可以」，再細問差異處何在，發音人都說「較重音」k^ha_{55} $ta\eta_{11}$ im^{33}（音比較重），有的則會說「有一个噠的音」u_{11} $tsit_{11}$ le_{11} ta^{31} e_{11} im^{33}」（有一個 ta^{31} 的音）。

在少年層則有五成的人可以清楚分辨「大林蒲閩南話」與「一般閩南話」的差異。另外五成的人則表示兩者之間有何差別，自己是沒有任何知覺的。筆者發現這與其「平時講話習慣用何種語言」（見表 7-12）有極密切的關係。

表 7-15　你能清楚辨別「大林蒲腔」與「一般閩南話」的差異嗎？

	是		否	
	人數	比例	人數	比例
老（60 歲以上）	8	100%	0	0%
中（31~59 歲）	8	100%	0	0%
少（10~30 歲）	4	50%	4	50%

問及「大林蒲的閩南話很奇怪，你同意這樣的說法嗎？」中、老年層表示「同意」的比例相當高，這與上面討論的語言敏感度有極大的關聯性，兩相比對下可明顯地發現能清楚分辨語音差異的人，幾乎也同意「大林蒲閩南話很奇怪」這句話。

表 7-16 人家說我們大林蒲的閩南話很奇怪，你同意這樣的說法嗎？

	同意		沒意見		不同意		沒感覺		無效	
	人數	比例	人數	比例	人數	比例	人數	比例	人數	比例
老（60 歲以上）	7	88%	0	0%	1	13%	0	0%	0	0%
中（31~59 歲）	7	88%	0	0%	1	13%	0	0%	0	0%
少（10~30 歲）	2	25%	2	25%	1	13%	2	25%	1	13%

四、遷就理論

問及「講大林蒲腔的人，應該努力改變自己的口音，最好說得和外面的閩南話一樣。你同意這樣的說法嗎？」（見表 7-17），受訪者大都認為「不同意」，且強烈表達「沒必要」，但是在筆者訪談過程中，中年層有六位都是全程用普通腔對談，時而轉換為大林蒲閩南話，其比例之高令筆者頗為訝異，筆者問其原因，並再次向他確認現在是否用大林蒲閩南話時，答案都是肯定的，這表示發音人對自己的語音已經發生變化，仍不自覺。

從筆者所接觸到的對象中，老年層的男性發音人也時而有此現象發生，而女性的語音反而較為保守、變化較小。筆者預測這與其職業別有極大的關聯性，因為就業的關係，男性與外界接觸的機會較多，所以筆者認為這種情形正好印證了「遷就理論」[3]，且進而將其內化而

3 黃宣範（1995：156）：「遷就理論」指為了防止引起別人的異樣眼光，使自己能順利融入新群體中，會選擇放棄自己的語言。筆者從深度訪談中發現，多位中年層發音人表示，當自己到外面接觸到其他人時，有感於自己的語言與他們不同，自己會做語音的調整，回到家就說大林蒲腔，到外面就說普通腔，但久了在不自覺的情況下，自己已經被同化。

取代自己原有的語言。反觀老年層女性，大多為家管或幫忙農事，較無與外界接觸，所以語音的保存較為完整。

表 7-17　講大林蒲腔的人，應該努力改變自己的口音，最好說得和外面的閩南話一樣。你同意這樣的說法嗎？

	同意		沒意見		不同意		無效	
	人數	比例	人數	比例	人數	比例	人數	比例
老（60 歲以上）	1	13%	1	13%	6	75%	0	0%
中（31~59 歲）	0	0%	0	0%	8	100%	0	0%
少（10~30 歲）	0	0%	2	25%	4	50%	2*	25%

* 少年層中有兩位的資料筆者將其列為「無效」，主因發音人表示未曾聽過外面的閩南話，所以不知道兩者有何差異之處。

表 7-18　若對方用一般閩南話與你交談，你會用哪種閩南話回答？

	一般閩南話		大林蒲閩南話		國　語		視對方而定	
	人數	比例	人數	比例	人數	比例	人數	比例
老（60 歲以上）	1	13%	7	88%	0	0%	0	0%
中（31~59 歲）	2	25%	5	63%	0	0%	1	13%
少（10~30 歲）	3	38%	5	63%	0	0%	0	0%

五、當地鳳林國小鄉土教育實施現況

筆者針對當地唯一一所小學—鳳林國小實施鄉土教育的實況，進行深度訪談，訪談對象為鳳林國小學生家長鄭秀蘭女士[4]，訪談內容如下：（談話過程以國語交談為主）

筆者：您好，我想請教一下有關我們當地鳳林國小有關鄉土課的問題？

鄭女士：鳳林國小每週有一節鄉土課，上課的時候老師都用教科書上，之前還進行考試……

筆者：是用什麼出版社的？考試……怎麼考？

鄭女士：就比如老師唸，學生把答案圈出來啊！我看我女兒的課本好像是叫「真平」喔……！

筆者：學校會不會教孩子大林蒲閩南話，然後配合我們大林蒲的活動來上課？

鄭女士：學校的教學主要以教科書、固定教材內容為主要，所以很難說要教大林蒲的閩南話。啊學校是沒有搭配其他的當地民俗活動啦，學校鄉土老師是由代課教師，他一個人要負責全校二十六個班級的鄉土

4 鄭秀蘭女士出生於1969年，於1997年由高雄市前鎮區嫁至大林蒲，婚後則住在大林蒲鳳林里未曾搬離，育有一男一女，分別就讀大林蒲地區的鳳林國小二年級及一年級。

課，所以流動率很高，之前還有發生，臨時找不到老師可以教，他們導師說看我要不要去教，我說我才高職畢業，也可以去教喔……（笑……），後來好像就他們老師自己上。

筆者：那您覺得學校的鄉土課有沒有成效？

鄭女士：ke_{33} $kiam_{55}$ u_{33} la_{33}（加減有啦！）m̩_{11} ko^{55}（毋閣）家庭才是關鍵，學校教的有限啦！有做有差啦，這樣才不會完全生疏，像我女兒有時候就會自己拿臺語課本起來唸。不過他們小的時候我就有買臺語錄音帶放在車上給他們聽，所以他們懂的臺語還蠻多的。……

筆者：謝謝您告訴我這麼多，不好意思跟您聊這麼久……

從這段訪談中可以了解，當地的小學在鄉土語言的教學上，主要還是以教科書為主，並非依據當地人文特色設計適當的教材，教材的統一化將加速當地特有語言的消失，解決之道除了教師要有自編教材的能力，還要會說大林蒲閩南話，但是光就「會說大林蒲閩南話」這一項，就面臨亟大的困境，由於大林蒲距離市區車程大約要四十分鐘，學校教師也常因為通勤時間過長，而造成調動率高。校方若有意願推動當地語言、文化特色，除了運用學校的教學資源，再與家庭、社區作結合一起進行，必可收絕佳之成效。

第八章　結語

本研究主要針對高雄市小港區大林蒲的閩南話語音及詞彙進行探究，並搭配社會調查將其歷時與共時的語音現象做一完整的呈現。

本書分兩部分：論述篇與語料篇。論述篇共有八章，第一章緒論，第二章文獻回顧，第三章研究方法，第四章高雄市大林蒲閩南話的音韻系統，第五章大林蒲閩南話和其他相關次方言的語音比較，第六章大林蒲閩南話和其他相關次方言的詞彙比較，第七章大林蒲閩南話老中青三代語音差異比較，第八章結語。以下針對研究結果做一簡要概述。

第一節　結論

洪惟仁（2006：147）提到「臺灣南部由嘉義、臺南以下是漳泉混合最厲害的地區，……，最不具特殊腔調的是高雄縣和高雄市。高雄的口音差不多都是全省的優勢音。……」根據筆者的研究發現，在高雄市內有「普通腔」、「偏泉腔」之別，目前大林蒲在行政劃分上屬於高雄市，但大林蒲閩南話明顯與高雄的普通腔有所差異，屬於偏泉腔，仍保存八個聲調。筆者認為進行方言的研究調查上不應陷入行政區域劃分的迷思中，應該以更宏觀的角度來處理，才不會落入畫地自限之局。過去的文獻都偏重於大林蒲文化面的探討，未曾站在語言的角度進行研究，所以在相關的語言材料上甚為貧乏。透過筆者的研究，希望能為大林蒲閩南話建立寶貴的語彙資源。

大林蒲閩南話的音韻系統，在聲母方面保存了「日」母字 dz-，所以共有十五個聲母（不含 m、n、ŋ），dz- 的保留與其他偏泉腔不同。

在聲調系統部分，保存古濁上聲字讀陽上調的特性外，筆者發現古濁上聲字與古濁去聲字兩者會出現陽上、陽去兩讀互混的語音現象，這樣的變動現象，表示大林蒲閩南話正受到普通腔的影響，產生語音的變動。此外，大林蒲閩南話以調類做區分，可分為八個聲調，但實際上有些常用詞，例如「這些」$tsuai^{55}$、「那些」$huai^{55}$、「這」tse^{55}、「那」he^{55}，是無法歸入調類的，筆者認為應該將其獨立為一個調類，稱為「超陰平」調，所以嚴格說來，大林蒲閩南話應該有九個調類。

「仔前字」的變調系統，是閩南語中的一大特色，過去學者對「仔」字的研究大多偏重於「□仔」的仔前字變調，對「□仔□」的變調行為則較乏人提及，本文除了探究「□仔」的仔前字變調，更將重心放在「□仔□」的仔前字變調，筆者針對不同詞性的組合模式，探究其變調行為。主要分為「名詞詞組：名詞＋仔＋名詞」、「副詞組詞組：副詞＋仔＋動詞」、「形容詞組：形容詞＋仔＋動詞」等，分別進行探討與研究。筆者發現在大林蒲閩南話中不論其詞性為何，「□仔□」的變調模式，大致可歸納出兩種形式：

R1. 陰平調、陰上調及陽調類在「□仔□」，皆呈現$□_{11}+a_{33}+□$的音調型式。

例如：（陰平調）番仔火 $huan_{11}$ $nã_{33}$ hue^{51}。

R2. 陰去調及陰入調則呈現$□_{55}+a_{55}+□$的音韻型式。

例如：（陰去調）蒜仔花 $suan_{55}$ $nã_{55}$ hue^{33}

違反以上兩種形式的例詞，多為外來詞，或表示目前正受到普通腔影響而動搖的語音。例如：

陰上調　鳥仔料 $tsiau_{11}$ a_{33} $liau^{11}$ > $tsiau_{55}$ a_{55} $liau^{11}$ 鳥飼料。

陽入調　麥仔酒 be_{11} a_{33} $tsiu^{51}$ > be_{33} a_{55} $tsiu^{51}$ 啤酒。

大林蒲閩南話與其他相關次方言的語音比較，筆者從 4,000 多條的詞彙比對中篩選出差異之處（詳見語料篇），並依語音差異、詞彙差異等部分進行探討。就聲母比較部分，大林蒲、紅毛港閩南話保存 dz-，這與一般偏泉腔有明顯差異；此外，一般閩南話 dz- 與 i 起頭的韻母相拼時，部分人會變讀為 g-，大林蒲閩南話除了「杏仁」$hiŋ_{11}$ $dzin^{13}$ 這個詞發生類似的音變，其他則沒有發生。

韻母比較部分，大林蒲與紅毛港兩地的居民，一直以來認為兩地的閩南話是相同的，只是「尾音重音與否」的差異，這樣的想法在進行調查前，筆者也是如此認定。經過實地調查發現，事實不然，兩個地方的同質性雖然很高，但是最顯著的差異就是，紅毛港 ɔ/o 沒分，大林蒲則是 ɔ/o 有分。所以「未經調查的認定，是不切實際的」。此外，大林蒲、紅毛港閩南話與一般閩南話最大的差異為「血」唸 $huiʔ^{31}$、陽平變低平調、「青」韻唸 ĩ 而不唸 ẽ、「科」韻唸 e、「飛」韻唸 uiʔ 而不唸 ueʔ，例如：「破病」$p^{h}ua_{51}$ $pĩ^{11}$。前四項也是證實其為偏泉腔的特點。

聲調比較部分，大林蒲與紅毛港閩南話保留偏泉腔八個聲調系統的特色，陰陽去變調不同，有陽上調 31。

詞彙比較部分，大林蒲當地的特殊詞彙，以下略舉數個獨具特色之詞彙，以為參考：

1.「擗豆箍」gia_{11} tau_{11} $k^hɔ^{33}$（下棋）：一般閩南話「下棋」唸「行棋」$kiã_{11}$ ki^{13}，大林蒲地區則有「擗豆箍」gia_{11} tau_{11} $k^hɔ^{33}$ 的唸法；主要取其外觀圓圓的以為替代。

2.「荄合仔筍」kau_{33} hap_{11} ba_{33} sun^{51}（荄白筍）：一般閩南話唸「荄白筍」k^ha_{33} pe_{11} sun^{51}。大林蒲閩南話也唸「荄合仔筍」kau_{33} hap_{11} ba_{33} sun^{51}，主要指其外層的筍殼，層層相疊、合在一起。

3.「豆梗」tau_{11} $kuãi^{51}$（連枷）：農工用具，一般閩南話唸「枷」$kẽ^{51}$，大林蒲閩南話唸「豆梗」tau_{11} $kuãi^{51}$。紅毛港主要以捕魚維生，所以沒有這個詞彙。

4.「結粽」kat_{55} $tsaŋ^{11}$（包粽子）：一般閩南話唸「縛粽」pak_{11} $tsaŋ^{11}$，大林蒲地區有人唸「結粽」kat_{55} $tsaŋ^{11}$，也有人唸「縛粽」pak_{11} $tsaŋ^{11}$。唸「結粽」kat_{55} $tsaŋ^{11}$ 的主要以老年層居多，現在唸「縛粽」pak_{11} $tsaŋ^{11}$ 的人，有越來越多的趨勢，明顯地是受外面普通腔的影響。

5.「曆日簿仔」la_{11} $dzit_{11}$ $p^hɔ_{33}$ a^{51}（農民曆）：一般閩南話唸「通書」$t^hɔŋ_{33}$ su^{55}。大林蒲地區唸為「曆日簿仔」la_{11} $dzit_{11}$ $p^hɔ_{33}$ a^{51}，是農民們從事農耕，或日常生活中要決定有關婚喪喜慶等重大事情時的重要生活工具書之一。

6.「胳扇空」kue_{51} $sĩ_{51}$ $k^haŋ^{33}$（腋下）：「腋下」這個詞在各地有多種不同的唸法，有「胳耳空」kue_{51} $hĩ_{11}$ $k^haŋ^{55}$、「胳下空」kue_{51} e_{11} $k^haŋ^{55}$、「胳胿跤」kue_{51} $laŋ_{33}$ k^ha^{55} 等等，大林蒲地區唸「胳扇空」kue_{51} $sĩ_{51}$ $k^haŋ^{33}$ 又不同於其他地區。

7.「烏鰡」$ɔŋ_{33}$ $ŋɔ̃^{13}$（海豚）：一般閩南話唸「海豬」hai_{55} ti^{55}，澎湖叫「海鼠」hai_{35} ts^hu^{51}，大林蒲地區唸「烏鰡」$ɔŋ_{33}$ $ŋɔ̃^{13}$ 或 $ɔ_{33}$ $ŋɔ̃^{13}$，這個詞通常出現於以漁為生的地區，大林蒲地區以農為主，卻也出現這個專有詞彙，筆者推斷這個詞彙應該來自於以捕魚維生的紅毛港，因為過去停靠紅毛港的漁船只要一靠岸，所有的漁獲都會送到大林蒲來進行交易，所以大林蒲居民普遍會使用這用詞彙。在小琉球、綠島也有蒐集到這個詞彙「烏鰡」$ɔŋ_{33}$ $ŋɔ̃^{13}$。

8.「蝲蛷蟳仔」la_{11} gia_{11} $tsim_{33}$ $mã^{51}$（寄居蟹）：一般閩南話唸「寄生仔」$kiã_{51}$ $sẽ_{33}$ $ã^{51}$，紅毛港唸「雷公螺」lui_{11} $koŋ_{33}$ le^{13}。大林蒲唸「蝲蛷蟳仔」la_{11} gia_{11} $tsim_{33}$ $mã^{51}$，主要是取其外觀有細長的腳，像「蝲蛷」（長腳蜘蛛）一樣。

9.「允桮」in_{33} pue^{33}（聖筊）：一般閩南話唸「聖桮」$sĩu_{11}$ pue^{55}、「一桮」$tsit_1$ pue^{33}，大林蒲唸「允桮」in_{33} pue^{33}，表示神明應允你的請求；「允」in^{51} 有答應、同意的意思。

10.「花節仔」hue_{33} $tsat_{55}$ la^{51}（雨傘節）：一般閩南話唸「雨傘節」$hɔ_{11}$ $suã_{51}$ $tsat^3$，在大林蒲則有「花節仔」hue_{33} $tsat_{55}$ la^{51} 和「雨傘節」$hɔ_{11}$ $suã_{51}$ $tsat^3$ 兩種說法。張屏生師告知在嘉義某些地區叫「白節仔」pe_{11} $tsat_{55}$ la^{51}。

11.「落」lak^{31}（專指衣物或被單用水漂洗）：一般閩南話唸「汰」t^hua^{33}，紅毛港閩南話唸 t^hua^{11}，大林蒲閩南話則唸「落」lak^{31}，例如「落衫仔」lak_{55} $sã_{33}$ $ã^{51}$，表示衣物用清水漂洗。

此外，在地名的語音特色部分，一般常見的為「姓氏」+「厝」，例如「蕭厝」、「何厝」等；但是在大林蒲地區，是「姓氏 + 个（ •e_{33}，隨前變調）」例如：「姓邱个」$sĩ_{51}$ k^hu^{33} •e_{33}、「姓洪个」$sĩ_{51}$ $aŋ_{11}$ •$ŋẽ_{33}$ 等；而紅毛港地區，則是「姓氏 + 仔（a^{51}，固定變調）」，例如：「姓蘇仔」$sĩ_{51}$ so_{33} a^{51}、「姓楊仔」$sĩ_{51}$ $ĩu_{33}$ $ã^{51}$，「仔」字 $ã^{51}$ 用在地名上，則弱化其原本「小」的意思。

社會方言調查部分，筆者鎖定三代同堂老、中、少三個年齡層，進行韻母、聲調及語言態度的探究。目前由於大環境所趨使，不論在韻母、聲母方面都明顯呈現出老年層保存得較好，到了中年層有漸趨弱勢，少年層則深受普通腔及國語影響的情況。

語言態度方面，因為大林蒲閩南話與普通腔的語音差異很大，有的人覺得大林蒲閩南話很粗魯，所以外出工作後，接觸到其他人時，為了防止別人的異樣眼光與訕笑，於是選擇隱藏自己的語言，向普通腔靠攏，久而久之便習慣普通腔的語音。其中較令人值得深思的是，在中年層身上，明顯感受到認知與實際口說兩者矛盾之處，在他們的認知中，自己日常所說的閩南話都是大林蒲閩南話，但在訪談過程中，交談的卻是以普通腔居多，或許這與談話對象有關，但是也表示他們在不自覺中，已經出現語音的變異，而自己卻一點感覺都沒有。

本文異於前人之處在於，將「□仔□」依詞性的差異做一完整的整理與歸納。在社會方言調查方面，以三代同堂為基準，採問卷訪談法進行語音、詞彙及語言態度的調查。

第二節　建議與展望

從方言的研究焦點看，備受注目的是紅毛港閩南話，大林蒲反而是被忽略的部分，紅毛港已於2007年完成遷村，正式走入歷史，紅毛港閩南話的語音特色也將隨之淡化消逝。

以語言變遷的角度看，紅毛港閩南話將出現中斷的現象，反觀大林蒲閩南話，她將是一個比紅毛港更深具研究潛力與價值的預測點。

囿於時間、人力的不足，本文尚有一些待深入探討的點，例如：以姓氏族群為依據，探究大林蒲與紅毛港兩地區同姓間的淵源關係並設立專章探討大林蒲與紅毛港兩地的閩南話詞彙差異。

未來筆者將朝編纂「大林蒲閩南話辭典」的方向前進，希望將大林蒲閩南話做一完整的紀錄與整理，為大林蒲閩南話建置一份難能可貴的語言資料。冀望本文的研究能提供未來研究者多一份比較資料。

社會調查發音人資料說明

姓名	性別	年齡（以 2007 年計）	里別	教育程度	職業
楊黃春	女	67	鳳林里	未就學	家管
楊清安	男	49	鳳林里	大專	工
楊雅雯	女	17	鳳林里	高中	學生
張吳罔市	女	72	鳳源里	未就學	家管
張裕宏	男	43	鳳源里	大專	工
張瑞安	男	13	鳳源里	國中	學生
吳邱再桃	女	77	鳳源里	未就學	家管
吳界興	男	48	鳳源里	高中職	工
吳佳蓉	女	30	鳳源里	大專	商
許政吉	男	78	鳳興里	未就學	無
許清源	男	38	鳳興里	高中職	公教
趙怡雯	女	20	鳳興里	大專	學生
謝賢桂	男	76	鳳林里	未就學	無
謝慶忠	男	48	鳳林里	高中職	工
謝惠茹	女	17	鳳林里	高中職	學生
陳恩福	男	72	鳳森里	未就學	無
陳光男	男	38	鳳森里	高中職	服務業
陳彥智	男	12	鳳森里	國小	學生
鄭福生	男	64	鳳森里	國小	工
鄭清行	男	34	鳳森里	高中職	工
簡穗晴	女	14	鳳森里	國中	學生
林李育	女	80	鳳源里	未就學	家管
林清雲	男	50	鳳源里	國中	工
張介霖	男	23	鳳源里	高中職	學生
鄭秀蘭	女	38	鳳林里	高中職	家管

大林蒲閩南話社會方言調查問卷

編號：__________ 發音人：________________ 日期：__________

一、基本資料

1. 性　別：□男　□女

2. 年齡層：□少（10-30 歲）□中（31-60 歲）□老（61 歲以上）

3. 出生地：□大林蒲（　　　　里）　□其他 __________

4. 成長地：□大林蒲　□其他 __________

5. 職業：（若已退休，問其過去所從事之職業別，並標註「退休」）

　□公教　□商　□工

　□農　□學生　□其他 ________

6. 請問您是否曾到外地工作：（填「是」，問其期間及地點）

　□是（　　，　　）　□否

7. 教育程度：

　□未就學　□國小（畢、肄）　□國中

　□高中職　□大學（專）　□碩士以上

8. 您平時講話都使用何種語言？

　□一般閩南話　□大林蒲閩南話　□國語　□其他 __________

9. 您父親是：□大林蒲人　□其他 __________

10. 您與父親講話時用何種語言？

　□一般閩南話　□大林蒲閩南話　□國語　□其他 __________

11. 您母親是：□大林蒲人　□其他 ________

12. 您與母親講話時用何種語言？

□一般閩南話　□大林蒲閩南話　□國語　□其他 ________

13. 您配偶是：□大林蒲人　□其他 ________　□未婚

14. 您與配偶講話時用何種語言？

□一般閩南話　□大林蒲閩南話　□國語　□其他 ________

二、語言能力

國　語	□聽	□說	□讀	□寫	□其他 ________
閩南語	□聽	□說	□讀	□寫	□其他 ________
客家話	□聽	□說	□讀	□寫	□其他 ________
其　他	□聽	□說	□讀	□寫	□其他 ________

三、語言態度

1. 「一般的閩南話比我們大林蒲的閩南話純正」你同意這樣的說法嗎？

□同意　□沒意見　□不同意　因為 ________________

2. 人家說我們大林蒲的閩南話很奇怪，你同意這樣的說法嗎？

□同意　□沒意見　□不同意　□沒感覺　因為________

3. 你能清楚辨別「大林蒲腔」與「一般閩南話」的差異嗎？

□是，例如：＿＿＿＿＿＿＿＿＿＿＿＿＿＿＿＿＿＿＿＿

□否。

4. 有人認為：講大林蒲腔的人，應該努力改變自己的口音，最好說得和外面的閩南話一樣。你同意這樣的說法嗎？

□同意　□沒意見　□不同意　因為＿＿＿＿＿＿＿＿＿＿

5. 若對方用一般閩南話與你交談，你會用哪種閩南話回答？

□一般閩南話　□大林蒲閩南話　□國語　□其他

為什麼：＿＿＿＿＿＿＿＿＿＿＿＿＿＿＿＿＿＿＿＿＿＿

6. 你會要求孩子說「大林蒲閩南話」嗎？

□是。為什麼：＿＿＿＿＿＿＿＿＿＿＿＿＿＿＿＿＿＿＿＿

□否。為什麼：＿＿＿＿＿＿＿＿＿＿＿＿＿＿＿＿＿＿＿＿

7. 對於學校推動鄉土語言教學，你最希望孩子在學校學什麼話？

□閩南話　□客家話　□國語　□沒意見　□其他

為什麼：＿＿＿＿＿＿＿＿＿＿＿＿＿＿＿＿＿＿＿＿＿＿

四、語音

1. 拿煙斗吹嗩吶【擛薰吹歕鼓吹】

吹　□ ue　□ e（科韻例字）

2. 年尾要跟人炊粿好買賣【年尾欲綴人炊粿通買賣】

尾　□ ue　□ e（科韻例字）

欲　☐ ue　☐ e（科韻例字）

綴　☐ ue　☐ e（科韻例字）

炊　☐ ue　☐ e（科韻例字）

粿　☐ ue　☐ e（科韻例字）

買　☐ ue　☐ e（杯韻例字）

賣　☐ ue　☐ e（杯韻例字）

3. 小心才不會危險、流血【細膩才袂危險、流血】

袂　☐ ue　☐ e

危　☐ 33　☐ 11　（陽平變調）

流　☐ 33　☐ 11　（陽平變調）

血　☐ ueʔ　☐ uiʔ　（血的唸法）

4. 舅媽折樹枝當棍子【阿妗折樹椏做箠】

妗　☐ 33　☐ 31 ☐兩讀　☐不會說

箠　☐ ue　☐ e（科韻例字）

5. 下雨趕快收被子【落雨緊收被】

雨　☐ 33　☐ 31　☐ 11

被　☐ 33　☐ 31　☐ 11　☐兩讀

賣　☐ ue　☐ e

6. 花瓶不要亂擺【花矸毋通烏白𪜶】

𪜶　☐ 33　☐ 31　☐兩讀　☐不會說

7. 那個護士很懶惰【彼个護士真貧惰】

士　□ 33　□ 31　□ 11　□兩讀

惰　□ 33　□ 31　□ 11　□兩讀

8. 買鋤頭送豬頭【買鋤頭送豬頭】

□音同 33=33

□音異 11=33

□只會說「豬頭」

9. 姑姑生病想要吃蛋糕【阿姑破病想欲吃雞卵糕】

姑　□ ɔ　□ o

病　□ ĩ　□ ẽ

雞　□ ue　□ e

卵　□ ŋ　□ ũi

糕　□ ɔ　□ o

10.「□仔□」仔前字變調

	11	33	55
番仔火【火柴】	□	□	
囡仔人【小孩子】	□	□	□
蚵仔煎【蚵仔煎】	□	□	
柱仔跤【椿腳】	□	□	
墓仔埔【墓地】	□	□	
麥仔茶【麥茶】	□	□	

感謝您的撥冗參與，謝謝！

參考文獻

一、專書

H. Douglas Brown（余光雄譯） 2003 《第二語教學最高指導原則》，臺北市：臺灣培生教育出版社。

丁邦新 1985 《臺灣語言源流》，臺北市：臺灣學生書局。

丁邦新、張雙慶 2002 《閩語研究及其與周邊方言的關係》，香港：中文大學出版社。

王瑛曾 1962 《臺灣文獻叢刊第一四六種 重修鳳山縣志》（第一冊），臺灣銀行經濟研究室編印。

《中國語言學大辭典》編委會 1991 《中國語言學大辭典》，江西省：江西教育出版社，初版一刷。

甘為霖 1997 《廈門音新字典》，臺南市：人光出版社，十九版。

安倍明義 1938 《臺灣地名研究》，杉田書店。

何大安 2004 《聲韻學中的觀念和方法》，臺北市：大安出版社，二版七刷。

李三榮 1997 《續修高雄市志．卷八．社會志語言篇》，高雄市文獻委員會發行。

沈富進 2003 《彙音寶鑑》，臺北：文藝學社總經銷處，初版四十八刷。

周長楫　1996　《閩南語的形成發展及臺灣的傳播》，臺北市：臺笠出版社，初版一刷。

周長楫、康啟明　1997　《臺灣閩南話教程（上）》，屏東市：安可出版社，初版。

周長楫、康啟明　1999　《臺灣閩南話教程（下）》，屏東市：安可出版社，初版。

林連通、陳章太　1989　《永春方言志》，北京：語文出版社，初版一刷。

林連通　1993　《泉州市方言志》，北京：福建省泉州市地方志編纂委員會，初版一刷。

林曙光　1995　《打狗歲時記稿》，高雄市：高雄市文獻會委員會，初版二刷。

林郁靜　2002　〈麥寮方言年齡層間的語音差異探討〉，中山大學《第四屆臺灣語言及其教學國際學術研討會論文》。

施添福　1987　《清代在臺漢人的祖籍分布和原鄉生活方式》，臺北：臺灣師大地理系，初版。

洪敏麟　1979　《臺灣地名沿革》，臺中：臺灣省政府新聞處。

洪惟仁　1987　《臺灣河佬語聲調研究》，臺北市：自立晚報，四版。

洪惟仁　1996　《彙音妙悟與古代泉州音》，臺北市：國立中央圖書館臺灣分館，初版。

洪惟仁　1997a 《高雄縣閩南語方言》，高雄縣鳳山市：高雄縣政府。

1997b 《閩南語方言調查手冊》，自刊本。

洪惟仁　2003 《音變的動機與方向：漳泉競爭與臺灣普通腔的形成》，國立清華大學語言學研究所博士論文。

洪惟仁　2004 《續修臺北縣志・卷三・住民志・第二篇・漢人語言》。

洪惟仁　2006 《臺灣方言之旅》，臺北：前衛出版社，修訂版三刷。

祝畹瑾　1994 《社會語言學概論》，湖南：湖南教育出版社，初版八刷。

侯精一　2002 《現代漢語方言概論》，上海：上海教育出版社，初版一刷。

張光宇　2003 《閩客方言史稿》，臺北市：南天書局，初版二刷。

張振興　1989 《臺灣閩南方言記略》，臺北市：文史哲出版社，初版二刷。

張屏生　1998 《澎湖縣白沙鄉閩南話各次方言的音韻現象》，日本《中國語學會第 8 回全國大會論文》，日本熊本大學主辦，地點：熊本大學。

張屏生　2000 《臺灣閩南話部分次方言的語音和詞彙差異》，屏東：國立屏東師院，初版一刷。

張屏生　2003a《高雄市閩南話語彙稿》，自印本。

2003b 〈高雄市閩南話音系〉，自印本。

張屏生 2004 《閩南話教學資料彙編》，自印本。

張屏生 2005 《高雄縣田寮鄉閩南語彙稿初集（稿）》，自印本。

張屏生 2006 《臺灣地區漢語方言的語音和詞彙》，臺南市：開朗雜誌。

張屏生 2007a 〈澎湖縣離島地區閩南話次方言的音韻現象〉，《駑馬齋論學集》，屏東縣長治鄉，再版。

2007b 《紅毛港閩南話語彙稿》，自印本。

張屏生 2019 《烈嶼方言研究》，屏東縣長治鄉，初版。

張屏生、李仲民 2006 〈澎湖縣白沙鄉語言地理研究〉，《臺灣語言及其教學國際學術研討會論文集》，國立臺北教育大學與文教育學系出版，頁 18-1 ～ 18-28

雲惟利 1987 《海南方言》，澳門：澳門東亞大學，初版。

連金發 1998 〈臺灣閩南語詞綴“仔”的研究〉，《第二屆臺灣語言國際研討會論文選集》，臺北市：文鶴出版社，頁 465-483。

黃宣範 1994 《語言、社會與族群意識 — 臺灣語言社會學的研究》，臺北市：文鶴出版有限公司，再版。

黃福鎮 2001 《大高雄風土誌》，高雄市：高雄復文圖書出版社，初版一刷。

許極墩 2000 《臺灣語概論》，臺北：前衛出版社，初版二刷。

郭　熙　1999　《中國社會語言學》，南京：南京大學出版社，初版一刷。

游汝杰　1992　《漢語方言學導論》，上海：上海教育出版社，初版一刷。

陳淑娟　2002　〈語音的歷時變化與共時變異－以年齡做為社會變項研究大牛欄方言的語音變化〉，《中山大學第四屆臺灣語言及其教學國際學術研討會論文集》，地點：高雄。

曾玉昆　2004　《高雄市地名探源》，高雄市：高雄市文獻會委員會，增訂版。

董同龢　1959　《四個閩南方言》，臺北市：中研院歷史語言研究所單刊甲種之二十四。

董同龢、趙榮琅、藍亞秀　1992　《記臺灣的一種閩南話》，中央研究院歷史語言研究所單刊甲種之二十四，臺北市：中研究院歷史語言研究所，景印一版。

董忠司　2001　《臺灣閩南話辭典》，臺北市：五南圖書出版公司，初版一刷。

楊秀芳　1991　《臺灣閩南語語法稿》，臺北市：大安出版社，初版一刷。

趙元任　1987　《語言問題》，臺北市：臺灣商務印書館，第五版。

劉顯惠　2002　《2000 紅毛港開門》，高雄市：高雄市政府新聞處。

潘輝雄　1984　《高雄市舊地名之研究》，高雄市：前程出版社。

樋口 靖　1988〈臺灣鹿港方言的一些語音特點〉，《現代臺灣話研究論文集》，臺北市：文鶴出版社。

盧德嘉　1968《鳳山縣采訪冊》，臺灣大通書局。

盧廣誠　2003《臺灣閩南語詞彙研究》，臺北市：南天書局，初版三刷。

鍾榮富　2003《最新語言學概論》，臺北市：文鶴出版社，初版一刷。

戴慶廈主編　2004《社會語言學概論》，北京：商務印書館，初版一刷。

羅常培　1930《廈門音系》，臺北市：三民書局。

羅常培　1989《語言與文化》，北京：語文出版社，初版二刷。

二、學位論文

林珠彩　1995《臺灣閩南語三代間語音詞彙的初步調查與比較：以高雄小港為例》，國立臺灣師範大學國文研究所碩士論文。

林郁靜　2002a《麥寮方言的調查與研究－語音及詞彙調查研究》，國立新竹師範學院臺灣語言與語文教育研究所碩士論文。

吳順興　2007《記高雄一個偏泉腔方言－紅毛港閩南語初探》，國立高雄師範大學臺灣語言及教學研究所碩士論文。

張屏生　1996　《同安方言及其部分相關方言的語音調查與比較》，國立臺灣師範大學國文研究所博士論文。

陳淑娟　2004　《桃園大牛欄方言的語音變化與語言轉移》，國立臺灣大學中國文學研究所博士論文。

簡秀梅　2006　《關廟方言區「出歸時」字類回頭演變之地理與社會方言學研究》，國立高雄師範大學臺灣語言及教學研究所碩士論文。

三、期刊論文

李如龍、陳章太　1984　〈論閩方言內部的主要差異〉，《中國語言學報》，第 2 期，頁 93-173。

吳連賞　2006　〈即將走入歷史的紅毛港：歷史、區域特色與未來前瞻〉，《高市文獻》，第 19 卷，第 4 期，頁 1-12。

洪惟仁　1993　〈臺灣閩南語方言調查的一些發現〉，《臺灣史研究通訊》，第 27 期，頁 10-25。

洪惟仁　1995　〈漳、泉方言在臺灣的融合〉，《臺南師院國語文語文教育通訊》。第 11 期，頁 84-99。

洪惟仁　1998　〈閩南語輕聲及其語法、語用分析〉，《第二屆臺灣語言國際研討會論文選集》，臺北：文鶴出版社。頁 419-449。

董忠司　1991　〈臺北市、臺南市、鹿港、宜蘭方言音系的整理和比較〉，《新竹師院學報》，第 5 期，頁 3-64。

楊倉亭　2006　〈「小港區的由來」演講活動紀實〉，《高市文獻》，第19卷，第4期，頁159-164。

謝孟宓　2010　〈高雄市小港區大林蒲閩南話的音系及其相關問題〉，《臺灣語文研究》，第5卷第2期，頁121-138。

四、網路資源

高雄市小港區鳳林國小網站，網址：http://school.kh.edu.tw/view/index.php?WebID=30&MainType=0&SubType=103&MainMenuId=1016&SubMenuId=1017&NowMainId=1016&NowSubId=1017

高雄市小港區戶政事務所2021年5月統計資料表，網址：https://orgws.kcg.gov.tw/001/KcgOrgUploadFiles/187/relfile/12848/216457/01cf83bc-e0bd-4f85-b298-5631576b04cd.pdf

教育部臺灣閩南語常用詞辭典，網址：https://twblg.dict.edu.tw/holodict_new/

國家圖書館出版品預行編目（CIP）資料

高雄市小港區大林蒲閩南話研究／謝孟宓著．--
初版．-- 高雄市：高市史博館，巨流，2021.12
面；公分．--（高雄研究叢刊；第11種）
ISBN 978-986-5465-66-7（平裝附隨身碟）
1. 閩南語 2. 比較方言學 3. 高雄市小港區

802.5232　　110020415

高雄研究叢刊　第 11 種

高雄市小港區大林蒲閩南話研究

著　　者　謝孟宓
總 校 稿　張屏生

發 行 人　李旭騏
策畫督導　王舒瑩
行政策畫　莊建華

編輯委員會
召 集 人　吳密察
委　　員　王御風、李文環、陳計堯、陳文松

執行編輯　李麗娟
美術編輯　施于雯
封面設計　闊斧設計

指導單位　文化部、高雄市政府文化局
出版發行　行政法人高雄市立歷史博物館
地　　址　803003 高雄市鹽埕區中正四路 272 號
電　　話　07-5312560
傳　　真　07-5319644
網　　址　http://www.khm.org.tw

共同出版　巨流圖書股份有限公司
地　　址　802019 高雄市苓雅區五福一路 57 號 2 樓之 2
電　　話　07-2236780
傳　　真　07-2233073
網　　址　http://www.liwen.com.tw
郵政劃撥　01002323 巨流圖書股份有限公司
法律顧問　林廷隆律師
登 紀 證　局版台業字第 1045 號

ISBN　978-986-5465-66-7（平裝）
GPN　1011002051
初版一刷　2021 年 12 月

定價：500 元（附隨身碟）